LOIN DES YEUX DU SOLEIL

MICHEL DUFOUR

Loin des yeux du soleil

roman

L'instant même

Maquette de la couverture : Anne-Marie Guérineau, d'après une œuvre
de Paul Béliveau

Photocomposition : CompoMagny enr.

Distribution pour le Québec : Diffusion Dimedia
539, boulevard Lebeau
Saint-Laurent (Québec) H4N 1S2

Pour la France : D.E.Q.
30, rue Gay-Lussac
75005 Paris

Dépôt légal – 2ᵉ trimestre 2001

Données de catalogage avant publication (Canada)

Dufour, Michel, 1958-

   Loin des yeux du soleil

   ISBN 2-89502-149-X

   I. Titre.

PS8557.U297L64 2001   C843'.54   C2001-940356-9
PS9557.U297L64 2001
PQ3919.2.D83L64 2001

L'instant même remercie le Conseil des Arts du Canada, le gouvernement du Canada
(Programme d'aide au développement de l'industrie de l'édition), la Société de
développement des entreprises culturelles du Québec et le gouvernement du Québec
(Programme de crédit d'impôt pour l'édition de livres – Gestion SODEC).

Quand parfois sur ce globe, en sa langueur oisive,
Elle laisse filer une larme furtive,
Un poète pieux, ennemi du sommeil,

Dans le creux de sa main prend une larme pâle,
Aux reflets irisés comme un fragment d'opale,
Et la met dans son cœur loin des yeux du soleil.

BAUDELAIRE,
« Tristesses de la lune ».

I

Autrement dit

Voilà que j'ai touché l'automne des idées,
Et qu'il faut employer la pelle et les râteaux
Pour rassembler à neuf les terres inondées,
Où l'eau creuse des trous grands comme des tombeaux.

BAUDELAIRE,
« L'Ennemi ».

MON HISTOIRE NE COMMENCERA PAS ICI. Peut-être même n'y en aura-t-il jamais car à quoi ça sert, dites-le-moi, à quoi ? Cette histoire, qui est la mienne mais en même temps celle d'un autre que je regarde vivre et mourir depuis que le monde se dépeuple autour de lui, ferait mieux de s'étourdir dans le néant plutôt que de voir le jour – quant au livre qui naîtra au fur et à mesure que j'écrirai, je préfère ne pas en envisager l'existence, un livre, me dites-vous, à quoi ça sert ? Si je suis chanceux, quelqu'un (*hypocrite lecteur, mon semblable, mon frère*, qui es-tu ? que fais-tu ? parle-moi !) sera heureux de m'avoir lu, ou de l'avoir lu, lui, le livre, bien sûr, parce que moi je suis un illisible (et ce récit, une fois fini et publié, sera celui d'un autre), personne ne peut me deviner, mais après ce que je vais vous raconter, je deviendrai translucide, transparent, transcendantal, transfiguré...

Mais de quoi je cause au juste ? Vous voyez pourquoi mon histoire ne commencera pas ici. Ce n'est pas la grande forme. Dans ces cas-là, il vaut mieux s'abstenir, remettre au lendemain, malgré le vieux dicton, pas vrai ?

J'y reviens lentement mais non sûrement. Oubliez ce que vous venez de lire. Disons que c'était un faux départ. Le coureur a bougé le petit orteil de son pied droit avant que le signal ne soit donné. Bang ! Cavaliers, retournez à vos étriers. On reprend tout.

Je jetterai donc la première pierre de cet édifice, la première phrase de cette histoire, mots auxquels je pense sans vraiment y penser depuis, oh, des mois, l'incipit étant, paraît-il, une sorte de microcosme du reste, comme une prophétie, la première phrase d'un récit devrait annoncer tout le reste, eh bien ces mots, au nombre de trois, je vous les donne ici, vous les lance en pleine face, faites-en ce que vous voulez. Si vous hésitez, il est encore temps de rebrousser chemin, fermez le livre, retournez-le là où vous l'avez pris, n'allez pas plus loin, ne persévérez pas, vous risqueriez de perdre un temps précieux que vous pourriez occuper autrement mieux, tricoter, crocheter, chiquer, chialer, gambader, gamberger et autres verbes dont débordent plaisamment les dictionnaires.

Non, vous voulez continuer ? Tant pis, je vous aurai averti. Surtout n'écrivez pas à l'éditeur potentiel qui prendra le risque financier de publier ce récit pour vous plaindre qu'il n'est pas à la hauteur de vos attentes ou encore que vous détestez vous faire interpeller par le méchant auteur quand vous lisez, car tout cela n'est-il pas qu'un jeu ?

Vous dites ? Les trois premiers mots ? Si je ne m'abuse, vous me rappelez à l'ordre ? Puisque vous insistez, j'y reviens, attrapez-les, c'est maintenant que tout commence, que *tout me fuit*.

Tout me fuit, vous l'aurez compris, *s'éloigne en toute hâte pour échapper à quelqu'un ou à quelque chose de menaçant*, se sauve autour de moi, s'en va, décampe, fout le camp, ça détale, ça cavale, ça se débine, tous niveaux de langue confondus, j'aime jouer avec les mots, un bon dictionnaire sur les genoux, je passe des heures heureuses, pour autant que cette épithète ait encore quelque signification. Ça se dérobe, c'est laid à faire peur. Quoi ? me direz-vous.

Tout m'échappe, me fausse compagnie, ça ne revient pas, comme l'eau, le gaz, l'encre, le sable, ça fuit, je suis une vieille cruche percée, un rescapé de la vie avec un trou au cœur, n'ai que les mots pour m'égayer, parfois un cri m'échappe à son tour, un cri que j'aurais voulu retenir car à quoi ça sert, dites-le-moi, de crier quand on n'a personne pour vous écouter, pour l'écouter, lui, le cri, si faible soit-il, porteur de bonheur, de désespoir ? On me soustrait, on me fait des adieux définitifs, aucun retour possible, pourtant il faudra bien que je me plie à l'examen de conscience, au bilan proprement dit. Quand et comment cela a-t-il commencé ? Ce livre m'aidera. Si tout m'échappe, moi je n'y échapperai pas. J'insiste.

Il convient à l'instant même que je me présente. Histoire de donner un nom au personnage principal, je vous dirai que je m'appelle... Je ne dirai pas mon vrai... non, pour éviter que des gens, lisant ce livre, se reconnaissent parce qu'ils m'auront au préalable reconnu, j'utiliserai un pseudonyme, une fausse identité. J'ai le choix. Je fais le pari de m'en remettre au hasard qui semble-t-il fait si bien les choses. À défaut de l'annuaire téléphonique, j'ouvre mon fidèle dictionnaire, yeux fermés je fais glisser mon index sur la page, comme si je jouais à ne pas m'ennuyer par ce petit exercice en apparence futile mais combien important pour la suite de mon histoire, pour la suite du monde dirais-je, car si jamais mon livre est remarqué par quelque critique et traverse les années, le nom de mon personnage sera célèbre sur toutes les lèvres, revenons donc à la page du dictionnaire, mon doigt dérape, ricoche, change de colonne, j'ouvre les yeux, oh surprise, qui sera le bienheureux élu ?

Autrement, voilà le nom, un adverbe, que le hasard m'impose. On ne pouvait mieux tomber pour brouiller les pistes, espérer plus étrange. Puisque j'en ai fait le pari, l'espace d'un livre, le temps d'une histoire vraie, je vivrai sous ce masque invariable, porterai le mensonge, assumerai l'artifice.

II

Les souliers noirs au pied du lit

Ton souvenir en moi luit comme un ostensoir !

B̲AUDELAIRE,
« Harmonie du soir ».

Tout me fuit et je n'y peux rien. J'ai bêtement pris conscience de mon malheur avec la disparition de mes souliers noirs (et de bien d'autres choses par la suite), auxquels j'étais pour ainsi dire très attaché puisqu'ils m'avaient été offerts par Maya (vous devinerez que ce nom évocateur de civilisation perdue est aussi un pseudonyme et il en sera de même pour plusieurs personnages de cette histoire), la première et seule coloc d'Autrement à une époque où il était étudiant en littérature à l'université. Sur cette période scolaire, dont il lui reste d'impérissables souvenirs, Autrement n'a pas envie de s'étendre, trop de gens qui l'ont connu sont encore vivants et n'aimeraient peut-être pas faire parler d'eux, mais de Maya, oui, je voudrais vous dire qu'elle a été le premier véritable désir d'Autrement, celui grâce auquel on constate – bien qu'à cet âge on le sache depuis un bon bout de temps – combien faible est la chair.

Comment Maya et Autrement se sont-ils rencontrés ? Rien de plus simple. Cherchant un coloc, ils se retrouvèrent un jour côte à côte devant un babillard épinglé de petites annonces dans un long couloir souterrain de l'université, tous deux, insatisfaits de vivre en chambre, voulaient goûter aux joies de la co-habitation... amicale. Maya était inscrite au baccalauréat en psycho, durant ces années où la folie courait les mœurs autant que les rues, et s'arrangeait déjà pour s'y incruster. Que se sont-ils dit devant le babillard ? Je ne m'en souviens plus. En fait je crois qu'ils ont punaisé leur carton en même temps, cela fait ils l'ont regardé et lu tout de suite, cela fait encore ils se sont

21

regardés et ont dit, avec un simple signe de tête, oui oui (du moins j'aimerais penser que ça s'est passé comme ça, ne serait-ce que pour ma satisfaction personnelle, car imaginer un dialogue intelligent, peu probable dans ces circonstances, me paraît superflu). Ils sont partis avec chacun en main le numéro de téléphone de l'autre qu'ils ont arraché minutieusement de l'annonce. Ils se sont appelés le soir même. Maya a téléphoné la première mais Autrement a parlé, Maya étant déjà, à cette époque, déformée par sa future profession et donc plus portée à écouter qu'à entretenir une conversation.

Deux jours plus tard, ils ont pris le bus ensemble, ils n'ont pas cherché à se connaître davantage (d'où viens-tu, bergère ? qu'est-ce que tu veux devenir plus tard, mon petit loup ? ça ne te fait rien d'avoir quelqu'un de l'autre sexe pour coloc ? les réponses viendraient d'elles-mêmes, de toute façon, sans qu'ils aient besoin de poser les bonnes questions) et ils sont allés visiter un quatre et demi propre, meublé, chauffé, éclairé, eau chaude fournie – pour combien ? Il s'agissait simplement de se partager la facture, chacun s'arrangerait en plus pour faire sa petite épicerie et ses propres repas aux heures qu'il lui conviendrait.

Le proprio de l'immeuble n'avait pas l'air intéressé de louer à de pauvres étudiants cassés. Pour le convaincre, Autrement affirma que son père était médecin, Maya renchérit en jurant que le sien, même s'il avait abandonné sa femme et ses sept enfants, deux paires de jumeaux et des triplets encore aux couches, était devenu président d'un pays en voie de développement – Maya se découvrait un don singulier pour l'hyperbole. Le proprio n'y vit que du feu, d'accord, mais il fallut payer deux mois d'avance à ce scélérat de capitaliste ! Ainsi commencèrent trois années de cohabitation qui virent l'apparition des souliers noirs.

Cela se passe bien. Autrement et Maya s'entendent à merveille, malgré la mauvaise habitude du premier à laisser traîner dans le vestibule ses vieux souliers, pas les noirs mais des bruns tout avachis qui ont l'air d'avoir perdu la guerre de Corée. Maya, elle, fait sa parfaite, sauf quand elle se promène nue dans l'appartement, croyant que son coloc est indifférent ou absent, nue, entendons-nous, de sa chambre à la salle de bains seulement, ce qui constitue, à l'heure de la douche, soit au moins une fois par jour, dans un quatre et demi, un parcours assez court. On ne peut conclure sur-le-champ que Maya ait des mœurs étranges, même si elle veut devenir psy pour les fous et malgré un père président d'Afrique ou quelque chose du genre. Elle souffre parfois d'insouciance maniaque comme certains d'insuffisance cardiaque. Autrement, qui à cet âge rêve de femmes noires sensuelles et damnées en lisant Baudelaire, ne peut rester insensible à la déambulation de cette fleur du mal dans son propre appartement.

S'il feint de ne rien voir, parfois, prévoyant le moment où apparaîtra la nymphe, il s'enferme dans sa chambre. Comme un enfant coupable de mauvaises pensées, il regarde par le trou de la serrure l'éclair de cette peau infiniment désirable foudroyer sa pupille. Combien de temps tiendra-t-il ?

Ça chauffe. La tension monte, le mercure grimpe, même en hiver. Le prévisible arrive sans prévenir. Effusion des sentiments ! Explosion des pulsions ! Autrement tombe amoureux de cette beauté symboliste ! À vingt ans, et quelques mois de cohabitation, quoi de plus normal que de vouloir cette chair fraîche et friable ?

Sa nature timide le ramène vite à l'ordre. Pessimiste, il rumine des pensées morbides, humides, non elle ne voudra pas de moi, on n'a pas établi notre relation sur cette base-là, elle va me rejeter, se moquer, je ne suis pas son genre, etc. N'oublions pas qu'on a ici affaire à un littéraire se plaisant davantage dans l'imaginaire que dans la réalité, imaginaire particulièrement bien peuplé qui tourne à plein régime, surtout dans les moments troubles. Osera-t-il malgré tout se déclarer ?

Un soir où ils prennent leur repas ensemble, Autrement lui avoue non pas qu'il la désire, ni qu'il l'aime, mais que sa nudité le trouble. Une fois n'est pas coutume, il n'est pas voyeur, mais qu'est-ce que tu dirais si je faisais la même chose ? La question est lâchée, la réponse plutôt lâche, Maya voyant là une occasion en or d'appliquer la théorie du cours *Relation thérapeutique 101* qu'elle suit présentement et pour lequel, étudiante aussi brillante qu'ambitieuse, elle décrochera une excellente note. Qu'est-ce que tu ressens en ce moment ? lui demande-t-elle sans un sourire. Question classique, passe-partout. Autrement se sent sur des charbons ardents. Est-il cuit ? Il avale de travers, bafouille, se mord la langue. La nouille aux œufs piquée sur sa fourchette fait un saut périlleux arrière et s'écrase entre deux lattes du plancher.

Maya notera dans son travail de fin de session que le sujet a de toute évidence un *blocage émotif* en matière sexuelle. Une thérapie s'impose. Autrement finira bien par débloquer un jour, mais pas avec elle, et sans thérapie merci. Mais pour tout de suite les nouilles manquent d'assaisonnement, refroidissent, Autrement n'a plus faim, il s'excuse, sort de table, se cogne le petit orteil sur une patte de la chaise, s'enferme dans sa chambre pour le reste de leur cohabitation – façon de parler. Le malaise se dissipera comme un nuage noir qui revient de manière intermittente jeter de l'ombre sur le passé. Certains jours, Autrement voudra reprendre cette conversation, lui dire ce qu'il ressent. Quelqu'un d'autre viendra clouer le cercueil de ses espérances.

Dire qu'il est arrivé comme un cheveu sur la soupe serait commettre une faute de jugement, ou un triste euphémisme, car c'est toute sa folle crinière que Mammouth a trempée dans le potage aux navets d'Autrement durant la deuxième année de cohabitation. Autrement suivait entre autres un cours sur la poésie de Mallarmé et de Lautréamont, il nageait en pleine décadence, cela ne s'améliorait pas avec sa coloc qui, elle, était passée à la pratique avec Mammouth, un étudiant en foresterie. Elle envisageait dorénavant de devenir sexologue, les fous dans les rues elle s'en foutait, ça ne l'intéressait plus, seul Mammouth l'occupait. Mammouth, avec sa tête *échevelue* et son physique de mastodonte indompté, régulièrement sortait de sa préhistoire pour venir l'aider dans ses travaux. Maya ne ménage rien pour atteindre la perfection, y parviendra rapidement, se fera d'ailleurs offrir, afin de poursuivre des études de deuxième cycle, une faramineuse bourse d'un institut de recherche en psychologie, dont elle ne pourra profiter.

C'était aussi l'époque où Autrement découvrait les théories freudiennes en vue essentiellement de les appliquer à des œuvres littéraires selon une approche dite psychocritiqueuse. Autrement vouera très tôt une haine farouche, incommensurable, à Sigmund Freud qu'il associera à l'épisode Maya-Mammouth.

Autrement ne dort plus. Des bouchons dans les oreilles, la tête sous l'oreiller, rien à faire, les ébats durent trois mois, cela lui semble trois ans, passe encore, mais de voir Mammouth, l'indésirable troisième coloc, devant lui, au petit-déjeuner, en train de manger un pain complet de rôtis aux confitures de bleuets, ça, vraiment, non, il ne peut pas. Un matin il explose, inhabituel pour un petit refoulé, Maya est toute chamboulée, elle le croyait inoffensif son cher coloc, que devrait-elle faire ? Elle n'a malheureusement pas encore suivi le cours *Gestion des émotions 201*, la session prochaine seulement, elle pourrait en parler à son professeur et thérapeute Machin, car Maya suit une cure intensive (ça presse) pour guérir de son insouciance maniaque et de quelques obscures bêtes noires qui la travaillent inconsciemment, eh oui, elle panique, crie t'as rien qu'à t'en aller si t'es pas content ! Voilà, l'imprévisible arrive, Autrement au bord des larmes, c'est Mammouth qui pleure, un hypersensible celui-là, pardonnez-le, il n'aime pas faire de la peine aux autres, être au cœur d'une dispute, ça le tue, ses parents ont divorcé par sa faute et chaque fois qu'on se chicane ça lui rappelle que... Malheureux mammifère ! Bon, l'empathique Maya craque, l'entoure de ses bras, le console, mon gros nounours des temps perdus, qu'elle dit.

Le message a-t-il passé ? Faut croire. Autrement ne reverra plus Mammouth, Maya ayant décidé en thérapie de le larguer puisqu'il incarnait pour elle le·père absent... Bof, une théorie comme une autre, dont Autrement cependant se réjouira.

Voici enfin arrivé le moment de l'accouchement des souliers noirs. Se faire pardonner, c'est ce qu'elle a écrit sur la petite carte qui accompagne le cadeau qu'elle place au pied du lit d'Autrement. Rentré tard ce soir-là, couché à peine déshabillé (il a assisté à un spectacle de poésie surréaliste et bu avec quelques copains), il ne remarque les chaussures qu'au réveil, Maya est déjà partie. Cela lui fait chaud au cœur, c'est bien pensé, ses souliers bruns ne tiennent plus la route, il ose même croire qu'elle a compris ses sentiments, son amour, sa torture... Ce sera encore un sale tour de sa propre imagination, comme ce rêve d'ailleurs, fait la nuit suivante, Maya déambulant nue pour lui seul, un soulier sur la tête en guise de chapeau, oui, un très sale tour. J'insiste.

C'est quand même extraordinaire de constater que l'on puisse vivre sans pour autant parvenir à oublier ses malheurs. Autrement a bien essayé de changer de coloc, il en a parlé, ou plutôt soufflé quelques mots à Maya qui très vite n'a rien voulu savoir, rien voulu entendre, Maya de moins en moins insouciante, de plus en plus fragile, à fleur de peau durant sa troisième année, il semble qu'Autrement fasse désormais partie de son quotidien, elle ne veut absolument pas qu'il s'en aille, elle a besoin d'attaches, de liens, tu comprends, j'ai manqué de père, d'une présence masculine, reste, je t'en prie. Autrement, père de Maya ? On pourrait le penser quoique Maya, quand même pas conne, règle ses problèmes en thérapie (c'est long mais, prétend-elle, ça s'en vient bien), ne demande rien à Autrement, sauf sa présence, elle le lui répète, veut le sentir là malgré l'attirance physique qu'il éprouve pour elle (tiens, c'est elle qui en parle, pas lui), un petit effort, rien de plus. D'accord, un an, après tout, c'est vite passé.

Durant cette dernière année, Autrement se souvient d'avoir marché dans les sillons de l'existentialisme français, découvert Sartre et Camus, puis le théâtre de Beckett et d'Ionesco, voue depuis un véritable culte à toute forme d'absurde. Puisqu'il doit fuir un monde sans cohérence et un impossible amour, il sera poète, l'idée s'installe dans son esprit. Des hautes sphères de l'inspiration il fera son royaume. À partir de là, les plus grands espoirs lui seront permis, comme si c'était aussi facile...

29

Non, Maya n'en mène pas large. Autrement, lui, surtout depuis qu'il caresse le rêve de devenir écrivain, ne s'est jamais senti aussi bien, il réussit à sublimer son désir de Maya dans des poèmes imitant ses auteurs préférés, suit un cours de création littéraire avec un professeur féru de psychologie du dimanche et qui ne se cache pas pour coucher avec ses élèves des deux sexes, se fait dire par ledit professeur et sa maîtresse en titre dans la classe, laquelle deviendra par la suite une poétesse au talent prolifiquement ronflant, qu'il n'a aucun potentiel, aucun avenir, la littérature se passera de lui. Qu'importe qu'ils aient raison ou tort, il a envie de les envoyer suer, se retiendra, au moment même où j'écris ces lignes, de se venger de cette engeance galopante comme la gangrène...

Oui, Maya dépérit. Elle se meurt d'amour. Autrement ne lui connaît pourtant nul prétendant. Cela va mal finir. Lui est de plus en plus sensible à ce qu'il ressent, tandis que Maya est en train de se laisser détruire par ses émotions. Elle va bientôt décrocher son diplôme, moi aussi, viendra l'inévitable séparation. Délivré de trois ans de douce torture, je partirai confiant dans l'avenir. Maya, qu'adviendra-t-il de toi ?

Un autre soir, autour d'un autre plat de nouilles aux œufs, Maya se confie à moi. Elle a couché avec Machin. Était-ce bien nécessaire ? Contrairement à ce qu'elle croyait, cela l'a complètement remise en question, surtout quand il lui a dit (dans une haïssable langue de bois simplifiée ici par moi pour le bénéfice de tous) qu'il ne l'aimait pas mais qu'elle venait de vivre les dangers de la relation thérapique, d'ajouter une expérience signifiante à son *vécu*. Cesse de t'en faire accroire, lui lance-t-il, il n'y a pas d'amour là-dedans ! Non ? Pas d'amour ? Non ! Juste de la pédagogie ! Outrée qu'il se soit ainsi servi d'elle, Maya lui a crié qu'il était un salaud. Elle le dénoncerait pour harcèlement sexuel et abus de pouvoir. Il allait en baver un coup ! Pauvre Maya, te pensais-tu plus forte que tu ne l'étais en réalité ? Depuis trois semaines, elle le piste, elle le traque, se détraque de plus en plus, sait où il demeure, attend patiemment son heure.

Elle est allée frapper à sa porte hier, elle a déballé son sac devant sa femme, furieux il l'a poussée dans sa voiture et reconduite à l'appartement en lui jurant qu'il lui ferait tout perdre, absolument tout.

Maya pleure, ses sanglots tombent dru dans son plat de nouilles froides. Sans arrière-pensée, ne voulant surtout pas profiter de la situation, je m'approche d'elle, la serre dans mes bras, l'impression de jouer une scène que j'ai déjà vue mais avec un autre acteur que moi. J'ai la belle part. Je dépose simplement un baiser sur son front, elle pleure tout son saoul, je

31

suis ivre d'elle, elle me demande pardon, je lui demande pourquoi, elle ne le sait pas, ça s'arrêtera là.

Les souliers noirs, c'est elle qui me les avait donnés, j'y
tenais. Leur disparition plus tard laissera en moi une entaille
profonde, un souvenir blessé. D'autant plus que je n'ai jamais
revu Maya depuis ce soir-là. Elle s'est volatilisée comme feuille
au vent.

Elle a quitté l'appartement, probablement en pleine nuit,
pendant que je rêvais déjà aux nombreux poèmes que
m'inspirerait la scène de la veille. J'ai bien tenté de la retrouver,
je suis allé voir ses amis à la faculté, n'ai pas osé rencontrer le
prof Machin. Personne ne savait où elle était passée.

Si Autrement ne se souvient plus aujourd'hui du premier poème qu'il écrivit quelques jours après la disparition de sa coloc, en revanche il n'a pas oublié ce qu'il en fit. Ce texte maladroit souffrant d'un trop-plein d'émotions, il le lança du haut du pont, lui faisant subir la même trajectoire sordide que Maya, ainsi se figure-t-il sa fin, car Autrement se rappela une confidence qu'elle lui fit un jour où elle le vit pataugeant dans sa déprime, où elle tenta de le réconforter, au delà de toutes les méthodes d'écoute active qu'elle apprenait sur les bancs d'école ou dans les livres, et dont il s'était moqué, elle lui avoua qu'adolescente, à la suite d'un premier chagrin d'amour, elle avait déjà pensé se jeter dans le fleuve, dormir à jamais au fil de l'eau, portée par la plénitude du courant, là où le soleil *comme un ostensoir* fait des vagues de lumière...

III

La boîte à mystère

Ange plein de bonheur, de joie et de lumières !

BAUDELAIRE,
« Réversibilité ».

Tout m'échappe et je n'y peux rien. Maya et moi avons pris des chemins contraires. Du moins je l'imagine heureuse, guérie, par la mort, du mal dont elle était la plus fine fleur. Ah ! Baudelaire, avec qui je partage le même jour de naissance, le neuf avril, pourquoi me ramener à toi, à la fébrilité qui m'animait quand je lisais tes vers ? Pendant des années, ton livre, scandaleux à l'époque, est resté à mon chevet comme un ami toujours prêt à me tendre la main. Mme Sabatier, la femme avec qui je partageais un semblant d'existence, ne comprenait pas qu'on puisse aimer la poésie à ce point-là. Ton poète, c'était un original, n'est-ce pas ? m'a-t-elle demandé. Comme j'ai lu presque tout ce qui s'est écrit sur Baudelaire jusqu'à ce jour, je pouvais lui en parler. Au début elle réagissait assez bien, s'étonnait du personnage, de ses difficultés familiales, de son acharnement à vouloir devenir poète. Ses affinités avec le milieu de la prostitution, ses maîtresses dont la mulâtresse Jeanne Duval, la syphilis, le mercure qu'il prenait pour soulager sa maladie, le scandale toujours à ses côtés pareil à la guigne qui le poursuivait inlassablement, Mme Sabatier aimait en entendre parler comme si cela avait été écrit dans les journaux à potins de ses artistes préférés. Quand je me proposais de lui lire quelques poèmes de Baudelaire, elle écoutait d'une oreille très distraite, l'albatros volait trop haut pour qu'elle puisse compatir à son malheur, *ordre et beauté, luxe, calme et volupté,* sans la laisser totalement indifférente, lui semblaient des chimères d'une autre époque. Pour elle le monde d'aujourd'hui tournait trop vite. Si on voulait avoir l'impression de vivre, il fallait prendre la vague, garder le rythme, tenir bon, éviter tous les écueils (l'image ici est de moi et non d'elle, Mme Sabatier était trop rationnelle pour se laisser aller à un brin de poésie, même la plus cliché, vous l'aviez sans doute deviné). Performance et efficacité étaient ses deux dadas. Les séances de lecture finissaient invariablement par un triste retour à la réalité, aspirateur à passer, lessive à faire, salle de bains à nettoyer.

N'allez pas croire cependant que Mme Sabatier et moi, malgré nos caractères en apparence peu compatibles, ne faisions pas bon ménage. Le couple est de nos jours une denrée périssable. On a d'ailleurs réalisé des études sur le sujet, écrit des livres, produit des débats qui n'ont pas toujours permis de comprendre ce qui fait que deux êtres passent leur vie ensemble ou se séparent après quelque temps. La recette n'a pas été trouvée. Si elle existe, elle ne marche pas pour tout le monde. Mme Sabatier et moi vivions dans une certaine harmonie. J'insiste.

Quand Autrement se penche sur cette période révolue, il ressent de la tendresse pour Mme Sabatier, une émotion réelle qu'il mêle parfois avec la vie rêvée, avec ses ambitions d'écrivain, ses désirs de gloire et de reconnaissance qui l'habitent depuis l'époque de Maya. D'ailleurs la première fois qu'il fit l'amour avec Mme Sabatier, il ne pensa qu'à Maya, la désormais disparue, l'immortelle envolée, l'éternelle inaccessible, il se souvint de sa flambante nudité, combien il en avait été foudroyé. Malgré ses réticences, il fit la comparaison. Naturellement, bien que Mme Sabatier fût tout à fait acceptable, Maya l'emportait haut la main. Ses souliers noirs au pied du lit, il fit preuve d'une grande maladresse, la tête pleine des poèmes de Baudelaire, ayant pris soin de déposer, sur la table du motel où eut lieu leur première rencontre au sommet, son exemplaire des *Fleurs du mal*.

Ce même exemplaire, que je croyais collé à ma peau, dont pour rien au monde je n'aurais voulu me départir, disparut plus tard, comme les souliers noirs. Quelqu'un l'aurait-il vu ?

Les jours coulent comme de l'eau fraîche sur une plaie. Mme Sabatier et Autrement forment un couple sans histoire. Je pourrais tout de suite passer à autre chose, raconter ce qui est arrivé après leur séparation, mais je m'attarderai sur cette union, car si elle fut sans histoire, c'est principalement parce qu'ils en vinrent à ne presque plus se voir. Peau de chagrin, leur relation se rétrécit dangereusement.

Mme Sabatier, conseillère financière dans une grande banque, promise à une étincelante carrière, concentra toute son énergie à monter sans trébucher chaque barreau de l'échelle professionnelle. Autrement, vite poussé à la dure réalité du travail par quelqu'un de plus performant que lui, n'eut d'autre choix que d'accepter le premier emploi du bord. L'expression ici me semble un peu dure et j'aimerais m'en excuser auprès de mon personnage. Il serait plus juste d'affirmer qu'Autrement, depuis sa période Maya, n'avait en fait qu'une réelle ambition, lire des poèmes et en écrire en souvenir de ce premier amour jamais consommé mais combien vivant au fond de sa mémoire. Quant au travail, auquel il n'avait pas vraiment songé jusqu'à ce jour, cela lui semblait une expérience inévitable mais non nécessaire. Le défi pour lui consistait à concilier boulot et poésie. Était-ce possible ?

Lorsque le fonctionnaire de l'assurance-chômage lui offrit un poste de veilleur de nuit dans une usine de récupération de carton, Autrement trouva la proposition idéale pour quelqu'un qui cherchait avant tout à gagner du temps. Ô Nuit de mystères insondables, quels somptueux vers viendras-tu me souffler ? aurait-il pu écrire (ou peut-être l'a-t-il vraiment écrit, mais je vous ferai grâce de la poésie d'Autrement, très médiocre, vous l'aurez deviné, et qui ne constitue en rien le sujet de cette histoire, le personnage étant ici plus intéressant que son œuvre restée inédite, pour notre plus grand bonheur. Néanmoins, si vous insistez, écrivez à mon futur éditeur, qui détiendra les droits sur ma poésie puisque je les lui céderai, afin qu'il la rende publique d'une quelconque manière).

Son boulot consistait principalement à inspecter, deux fois par nuit, les trois bâtiments de l'usine, à faire sa ronde comme il disait, sensible à la moindre irrégularité, porte mal fermée, lumière suspecte, présence non confirmée sur le rapport du gardien de jour qu'il recevait avant la relève de son quart de travail, bref rien d'excitant ni d'éreintant. Le plus dur, même quand Autrement avait dormi une grande partie de la journée, c'était de combattre le sommeil, à l'aide de café fort et de lumière artificielle, parfois de la radio comme musique ambiante. Il lui arrivait même de se brancher sur une tribune télé-phonique sportive, lui qui ne se sentait aucune affinité avec ce monde-là ! Qu'avait-il à craindre d'un tel emploi ? Au fond, pas grand-chose, ni même un voleur, car, dites-moi, qui voudrait s'emparer de vieux cartons condamnés au recyclage ?

La nuit lui appartenait. Lui appartenait à la poésie. Autrement était libre. Libre de lire ses poètes préférés, avec toujours en priorité Baudelaire, dont il ne se lassait jamais, libre de les imiter (plutôt mal il va sans dire). Possédé, il fouillait dans son dictionnaire pour saisir le sens des mots, en capturer l'essence, chercher la rime riche, la forme parfaite. Parfois lui venait cette pensée irrésistible que dans une autre vie il avait habité l'esprit d'un poète, se sentant trop modeste pour croire que ce pût être celui de Baudelaire lui-même, mené la vie de bohème, rencontré Verlaine et Rimbaud en train de se quereller devant un verre d'absinthe. Que d'idées folles pouvaient me rendre heureux durant mon travail de nuit !

Ils ne se voyaient presque pas, sinon le samedi pour les séances de lecture, d'ailleurs de plus en plus courtes, et surtout pour les tâches ménagères partagées. Autrement devint champion dans l'art de passer l'aspirateur. Pour se motiver à exécuter cette activité tout à fait antipoétique, pendant que la bête hurlante avalait la poussière à un rythme effarant, il se récitait mentalement *L'Invitation au voyage*, secrètement rebaptisée *L'Incitation au ménage* (pardonne-moi cette trivialité, Baudelaire, je ne recommencerai plus, mais il fallait bien à l'époque, triste émulation, que je pimente de quelques grains d'humour mon quotidien avec Mme Sabatier). La musicalité de ce poème le berçait, lui procurait un doux vertige, une tranquille ivresse. Il en oubliait, comme par magie, le bruit agressant, désespérant, du monstre.

Le soir, vers dix heures, Mme Sabatier et Autrement se retrouvaient sous les couvertures, histoire de ne pas oublier qu'ils formaient toujours un couple. Cependant il en allait du sexe comme du reste. Les jeux auxquels ils se livraient, et qui au début ravissaient leurs nuits inépuisables, non seulement avaient pris, au fil des années, le mauvais pli de la répétition, mais, allez savoir pourquoi, ils ressemblaient à une véritable course de Formule Un. Au lieu d'améliorer ses performances au volant, Autrement conduisait comme un pied, la pédale au fond dès le départ, si bien qu'il lui arrivait souvent de déraper. Mme Sabatier n'aborda jamais cette question avec lui. De toute façon, ses propres ambitions la porteraient bientôt vers une autre écurie. Elle attendait tout simplement la prochaine sortie de piste.

Le dimanche Mme Sabatier se rendait au gym, essayait de garder la forme, de soigner sa ligne, recevait ses copines, dont elle avait fait la connaissance en pédalant sur une bicyclette stationnaire ou en ahanant sur un tapis roulant, et qui ne demandaient pas mieux que de rencontrer son veilleur de nuit, comme elle se plaisait à le présenter. Autrement trouvait charmants tous ces bavardages, caquetages, papotages, cela le changeait des nuits à l'usine, de la solitude de plus en plus pesante, oppressante, autour et à l'intérieur de lui, d'une vie à deux qui n'en avait pas l'air, l'un arrivant de travailler au moment où l'autre partait, certain qu'il ne pourrait jamais parvenir à un degré de communication plus élevé avec Mme Sabatier.

Ce sentiment d'échec l'habitait parfois, il souffrait d'un spleen encore diffus mais sournois qu'il noyait dans la relecture de Baudelaire, son exemplaire commençait à s'effilocher, il ne voulait pas s'en acheter un autre, Mme Sabatier, généreuse, avait proposé de lui en donner un neuf pour son anniversaire, dans l'édition de La Pléiade, rien de moins. Mais non, il le garderait jusqu'à sa mort, quitte à recoller lui-même les pages une à une, pensez donc que ces mêmes pages avaient cohabité avec Maya, il se souvenait qu'elle les avait lues, lui avait dit que Baudelaire avait dû être, tellement était forte la sensualité émanant de ses vers, un sacré baiseur...

L'année, je l'ai oubliée car je préfère ne plus penser que le temps passe, surtout depuis que je vis seul dans cette petite chambre, j'ai trop peur de l'eau qui coule sous les ponts, que cette métaphore un jour se déploie et me submerge comme un raz de marée, moi dans ma minuscule chambre d'une maison mal tenue d'un quartier malfamé où j'ai mal à ma vie à cause de ce qui s'est passé depuis (mais n'anticipons pas, je vous dirai tout, ne brûlons pas les étapes).

Le jour de notre anniversaire, à Baudelaire et moi (je l'ai déjà dit mais je le répète avec une fierté inébranlable), le neuf avril, à l'usine, durant ma tournée, au fond de l'entrepôt B, une intense lumière bleue a jailli d'une boîte de carton, s'est jetée sur moi, je me suis senti secoué, j'ai failli tomber, je me suis redressé, on m'attaquait, fallait-il que je me défende, comment ? Qui va là ? J'ai braqué ma lampe de poche devant moi comme une arme, ma main tremblait, la lampe de poche a roulé sur le plancher, j'ai tenté de la récupérer, la clarté était si vive, j'en étais aveuglé, j'ai crié... Un chant divin, tout léger, porté par une voix de castrat, a soudain apaisé ma peur.

Il était là, un ange, devant moi, une forte odeur émanait de lui, il ne parla pas, les anges, j'en ai la conviction profonde depuis cette nuit-là, n'ont pas besoin de parler pour se faire entendre, pour vous dire qu'ils vous aiment, ils vous enveloppent simplement de leur souveraine lumière, de leur intime musique, ils ne vous veulent aucun mal, laissez-vous faire, ils sont comme le soleil, on finit par s'habituer à l'éblouissement.

C'est toi, Charles ? Je me trouvai d'abord bien impoli de l'appeler par son prénom, mais sous le coup de l'émotion je jugeai que je l'avais fréquenté assez longtemps pour le traiter comme un ami. J'entendis dans ma tête qu'il me souhaitait bonne fête jumeau, je fis de même sans mot souffler, la lumière tourbillonna, pulvérisa sur le plancher quelques étoiles bleues, les abandonna à leur rapide agonie, puis retourna d'où elle était sortie, pendant que du même coup s'évanouissait le chant sublime.

J'emportai la boîte et son mystère.

Je sais ce que vous vous dites. Autrement est devenu fou. Il a trop lu, trop écrit, peut-être s'est-il mis à boire, il prend ses chimères pour des réalités, il voit ses rêves parce qu'il est malheureux, c'est sa façon de s'évader de la nuit, de la solitude, de son passé, d'oublier Maya, Mme Sabatier. S'il avait su à ce moment-là ce qu'il vivrait plus tard, il aurait eu raison d'halluciner parce que la suite est trop dure. Quoi qu'il en soit, je jure sur la tête de Maya que Charles Baudelaire, poète français ayant vécu de 1821 à 1867, m'est apparu une fois, magnifique, sous la forme d'un ange aux ailes d'oiseau, *prince des nuées*. J'ai vécu pendant des mois avec la boîte, laquelle, le jour où Mme Sabatier et moi décidâmes de partir chacun de notre côté, prit à mon insu le bord de madame, remplie de soutiens-gorges et de petites culottes – détail que j'appris plus tard alors que je l'interrogeai sur le destin de la boîte.

Je n'étais plus seul. Baudelaire, dont la poésie jusqu'à cette nuit m'accompagnait, m'avait envoyé sa céleste lumière. L'idéal était désormais dans la boîte de carton, trésor à mes côtés, ô beauté, que je n'osais ouvrir de peur que le sortilège ne se rompît. Seule l'odeur restait prenante, me donnant le vertige.

Ce matin-là, mon collègue me trouva dans un état second, paraît-il que je divaguais, disais que je pouvais voler comme un albatros. Il découvrit près de moi mes cahiers noircis de poèmes, langage ésotérique qu'il ne comprit pas (le mystère de la parole ne peut être déchiffré par tous), en fit rapport à Cyanure, mon redoutable surintendant, que je n'ai jamais pifé, dont le nez aguerri, fort croche et long, capable de se fourrer partout, conclut mordicus que j'avais consommé, voyons donc, du haschisch, comportement intolérable pour quelqu'un qui devait veiller sur une usine complète, être en possession de tous ses moyens au cas où le pire arriverait. Mais le pire, c'était moi.

Règlement formel. Défense inutile.

On me congédia.

Aujourd'hui, quand Autrement se rappelle cet épisode de son passé, il en vient à croire qu'il fut victime d'un coup monté sans doute orchestré par le diabolique Cyanure, hypothèse paranoïaque qu'il ne put ou ne voulut jamais vérifier, pris, immédiatement après son renvoi, dans un spleen de plus en plus réel et profond.

Il rentra chez lui avec son sac à lunch, ses cahiers de poésie et la fameuse boîte. Il rangea celle-ci au fond d'une armoire, tenta de l'oublier. Il avait peur de ce qu'elle pouvait contenir. Il préférait penser que l'esprit de Baudelaire y était toujours enfermé. Il valait mieux ne pas l'ouvrir si l'on voulait éviter de le déranger, de le perdre. Son spleen ne venait pas tant de son licenciement que du sentiment gluant qu'il s'enlisait dans une mare de boue, une mer, un continent. Il n'avait pas le cœur à la métaphore, dut se retenir pour ne pas jeter aux ordures tous ses cahiers de poésie. Pourrait-il encore prétendre un jour accéder au statut de poète ?

Il se réveilla à quatre heures de l'après-midi, se fit couler un bain, s'y plongea tout entier. Désemparé, il resta sous l'eau jusqu'à ce qu'il sente les premières ivresses de l'asphyxie pour ensuite subitement émerger, le cœur battant, le souffle coupé, cherchant son air, puis une fois calmé replongea dans les douloureux abysses de l'eau savonneuse, petit manège qu'il répéta à plusieurs reprises, espérant peut-être ainsi secouer sa torpeur, noyer son spleen.

Autrement mit six mois à se remettre de ses émotions, durant lesquels il dormit beaucoup, tourna en rond dans l'appartement, ne lut ni n'écrivit rien. La poésie le dégoûtait carrément, c'était à cause d'elle et de ses fallacieuses chimères qu'il en était rendu là. Il n'osa même pas penser que les blessures inguérissables de son passé, domaine inexploré, aient pu aussi contribuer à son actuel malheur. Ah, si seulement Maya était là, elle l'éclairerait sur ses agissements.

Mme Sabatier ne lui fit aucun reproche. Elle l'entoura d'une tendresse peu habituelle, du moins quand elle était présente, c'est-à-dire rarement. Ses élans à vrai dire cachaient autre chose puisqu'elle préparait doucement sa sortie. Si Autrement n'était pas un mauvais gars, ce n'était pas non plus la meilleure personne qui pouvait stimuler son sens de la compétition et de la performance. Derrière toute grande femme se cache un homme, s'amusait-elle à dire à ses copines, histoire de récupérer en boutade la formule dépassée qui affirmait l'inverse. Mme Sabatier avait déjà fait la preuve qu'elle n'avait pas besoin de lui pour avancer, rayonner dans l'univers fabuleux de la finance. Elle était devenue le bras droit de son patron, s'attendait d'ici quelques semaines à être promue gérante d'une succursale de banlieue. Il lui faudrait déménager. Pas question de mettre Autrement dans ses bagages.

Mme Sabatier voyait ses ambitions se réaliser, Autrement ramassait les siennes à la petite cuillère. Elle finit par lui dire que ses projets à elle étaient devenus incompatibles avec leur vie de couple. Autrement ne parla pas, l'air triste il acquiesça, bien sûr ils se partageraient les choses, il n'avait rien à craindre. Il pensa qu'il devrait encore se livrer au petit jeu de la baignoire, faire sortir le méchant, il avait déjà perdu Maya, maintenant Mme Sabatier, demain ce sera une autre et puis après-demain, à moins qu'il ne finisse sa vie seul, tout fin seul dans une petite chambre seule (ai-je vraiment pensé ça à l'époque ?), ne faisant confiance à rien ni personne.

Il devait faire quelque chose avec la boîte, satisfaire sa curiosité, au risque de voir son secret se volatiliser. Il dut prendre beaucoup de bains suicidaires avant de se décider à s'y mettre le nez. Mme Sabatier avait déjà commencé à empaqueter ses petits. Il sentait qu'il lui faudrait au contraire vider son sac, ouvrir les tiroirs, éventrer toutes ses malles intérieures. Il n'en voulait à personne. C'est plutôt contre lui-même qu'il en avait gros sur le cœur. Bougre d'idiot d'Autrement, comment as-tu pu laisser les choses dégénérer de la sorte ? Comment oses-tu abandonner tes rêves ? Relève-toi, remonte sur ton piédestal, tu es trop jeune pour tout lâcher, la vie te réserve sûrement de belles surprises, allez, grouille !

Son salut passait par la boîte. Certes il l'ouvrit, non pas pour être ébloui par une nouvelle cascade de lumière, ni subjugué par quelque ange tendre et cruel, mais pour découvrir tout au fond un objet inusité qu'il reconnut, dont il comprit la présence sur le coup, se rappelant le portrait que le peintre Courbet avait réalisé de Baudelaire et sur lequel on aperçoit le poète pipe au bec devant un livre ouvert. Le même objet reposait là, un cadeau de son maître, de son idole, un signe indéniable de leur communion d'esprit (il ne pensa même pas que ce pût être une vulgaire réplique, un sale tour que le machiavélique Cyanure lui aurait joué pour le compromettre une fois de plus et justifier son renvoi). Dans son fourneau, une petite fleur rouge sang, d'une espèce inconnue. Il cherche des allumettes, doit en faire craquer plusieurs, tant est grande sa fébrilité, avant de réussir à allumer, aspire longuement, fume, s'enveloppe de volutes, n'est bientôt plus que langueur, paix, chaleur...

Bercé par la même voix angélique que j'avais entendue dans l'entrepôt B, je m'endormis sur le divan, ma tête se peupla d'images vaporeuses, éthérées, toutes infiniment agréables, dont je garde un souvenir palpable que je résumerais en un mot, le plus beau de la langue française pour moi depuis ce jour – *volupté*.

Où est passé le brûle-gueule de Baudelaire que j'ai pourtant toujours gardé au fond de ma poche, sans jamais le rallumer de peur de ne pouvoir retrouver la magie de la première fois ? Où s'en va ma vie ? Avec le reste des choses ? Les souliers noirs, mon vieil exemplaire des *Fleurs du mal,* la guitare de Musie ? Vais-je finir par disparaître moi-même, par m'oublier quelque part ? Ne suis-je qu'un banal objet auquel on attache une valeur sentimentale et que le hasard finit par égarer ?

Seul dans ma petite chambre, je serre sur mon cœur ce qui commence à ressembler à un manuscrit. Je n'en ai pas fini, ni avec mon cœur ni avec mon histoire, les deux sont inséparables, les deux enfin battront fort pour Musie. J'arrive à la période la plus exaltante mais aussi la plus tragique de mon existence, au terme de laquelle j'ai entrepris d'écrire ce récit. Les enquêteurs sont venus trois fois, je n'en sais pas plus, que je leur ai dit, foutez-moi la paix ! Ils veulent que je me plie à une séance d'identification. Ai-je le droit de refuser ? J'ai peur. Même si, comme on me l'a expliqué, une vitre sans tain me sépare des suspects, je ne veux imaginer, malgré l'assurance qu'on respectera mon anonymat, qu'un de ces assassins puisse deviner que je me trouve devant cette vitre. Ses yeux cherchent mon visage, me fixent, me scrutent, me transpercent comme un poignard, cruel sourire sur ses lèvres, arrogant, cynique, que je serai seul à percevoir. Non, personne ne me forcera à subir ça !

55

IV

La guitare qui a vu la vie

Ne cherchez plus mon cœur ; les bêtes l'ont mangé.

BAUDELAIRE,
« Causerie ».

Elle en jouait plutôt bien de la guitare, ma Musie, n'avait pas besoin de parler. Muette, elle laissait glisser ses petits doigts sur les cordes pour en faire jaillir des sons magiques, drôles, émouvants. Sa guitare, elle se l'accrochait au cou quand elle voulait se déplacer, cela lui faisait une sorte de bouclier, ses mains activaient les roues de son fauteuil roulant, elle était comme ça, Musie, le destin en avait décidé ainsi, erreur médicale. Elle vivait d'une rente minime, recevait son chèque comme un dû, puisque la société l'avait handicapée, eh bien, qu'elle paye !

Pour communiquer avec Autrement, elle écrivait dans un calepin qu'elle gardait avec elle et qui lui servait aussi de confident. S'il ne put récupérer tous les calepins que Musie, pendant le bout de vie qu'ils partagèrent ensemble, noircit de son écriture tantôt drôle tantôt rêveuse, il garda le dernier qu'il immortalisera à tout jamais vu les circonstances, la nuit aura beau vouloir s'en emparer, il sera plus fin qu'elle (là-dessus restons sibyllin, commençons par le début si on veut bien arriver à la fin). La guitare, oui, il la sauva du désastre, avec le souvenir ineffaçable, douloureux, du mal que Musie eut à souffrir, la peur, l'horreur quand elle s'est vue. Elle a eu le temps de s'apercevoir de ce qui arrivait, de réagir à sa manière...

Autrement rencontra Musie la première fois deux mois après sa séparation. Fin de bail, il venait de quitter l'appartement où il avait vécu avec Mme Sabatier, ne déménagea pas grand-chose sinon quelques objets auxquels il croyait être attaché et dont il a oublié l'existence depuis. Il décida de prendre une chambre dans un quartier populeux, de toute façon il n'avait pas l'intention de s'y enfermer mais bien plutôt d'errer en ville à la rencontre d'un destin favorable auquel il croyait de plus en plus. Autrement allait mieux. Les événements des derniers mois, qu'il n'avait pourtant pas provoqués, l'avaient finalement rendu plus fonceur, plus gaillard. Il se sentait prêt à reprendre le collier, à trouver sa place au soleil.

Lors de l'une de ses premières sorties en ville, à la découverte de ce quartier dont il ignorait tout, il vit Musie dans un parc fraîchement aménagé aux frais de l'usine qui non loin crachait une fumée nauséeuse. Dans cet aberrant îlot de couleurs, tout près d'une fontaine sortie directement des égouts comme d'un décor faussement féerique, Musie venait les jours d'été jouer de la guitare, à ses pieds une écuelle invitant à la générosité des citadins. Elle se définissait comme une artiste de la rue, autodidacte, qui, faute d'un destin meilleur, déployait son art pour le monde ordinaire en retour d'une obole. Aurait-elle jamais rêvé d'une existence différente ? Autrement ne pouvait le dire. Il n'eut pas le loisir de le lui demander. Musie en fait semblait avoir peu d'ambition. Ses rêves étaient tous à sa portée, du moins le croyait-il. Elle n'en exigeait pas plus.

Ils se voyaient régulièrement dans le parc. Autrement lisait les petits mots qu'elle lui écrivait. Cette belle habitude devint vite une belle amitié. Il parlait en sa présence comme il n'avait jamais parlé dans sa vie, sauf seul à l'usine les nuits quand il s'ennuyait, avant l'apparition de l'ange de lumière. Il peut même dire sans honte qu'il s'est plus exprimé avec Musie que dans sa mémorable cohabitation avec Maya ou durant sa vie à deux avec Mme Sabatier. Il expérimentait la communication ! Musie, dans les nombreux moments où Autrement était ivre de ses propres paroles, n'avait plus de visage, n'était qu'une oreille attentive, il parlait, parlait, parlait, racontait toutes sortes d'histoires vraies ou inventées, il se découvrit ainsi un talent pour canaliser son imagination, quelqu'un pour l'écouter, pour l'approuver. Ils partageaient la même *saoulitude*...

Dans sa chambre, nouvellement réconcilié avec ses rêves d'écrivain, il avait recommencé à écrire de la poésie. Travailler, gagner sa vie ne le préoccupait plus depuis le départ de Mme Sabatier. Il encaissait aux quinze jours son chèque du gouvernement, avait l'impression ainsi de faire un pied de nez à la société tout entière. Je suis un poète subventionné par le chômage, aimait-il répéter à Musie.

Elle l'écoutait, en avait le don, la patience. Parfois même, pendant qu'il pérorait, elle jouait de la guitare sans rien manquer de son discours. Musie cependant n'était pas parfaite, il lui arrivait de se saouler la gueule au scotch, sa boisson préférée, quand elle voulait arroser sa détresse. Chaque fois c'était à ses risques et périls, elle perdait l'équilibre, tombait de son fauteuil, pouvait se réveiller au petit matin couchée près d'un banc public, dessaoulée mais moche, sa guitare à ses côtés, sa meilleure amie. Cette même guitare était d'ailleurs tombée, si l'on peut dire, autant de fois que sa maîtresse avait vu les limbes. Elle portait les marques de ces chutes, les cordes usées d'avoir partagé la misère intérieure de Musie. Si Autrement, dans les rares moments où il ne s'intéressait pas à sa seule parole, s'adressait à son amie, c'était pour lui demander toujours pourquoi, Musie, pourquoi tu bois comme ça ? Elle sortait de son rôle habituel, écrivait dans son calepin, bientôt n'eut même plus besoin d'écrire tellement la réponse allait de soi, deux mots comme une plainte jamais prononcée, un cri étouffé, deux mots verrouillés dans sa tête – *maudite vie !*

Après des mois de parlotte au soleil, les temps moins clé-
ments obligent les deux amis à se mettre à l'abri. En dépit des
difficultés d'accès pour Musie, le métro leur semble le meilleur
endroit. Autrement la rassure. À deux ils franchiront tous les
obstacles physiques, se moqueront des barrières dressées par
les gens normaux. Qu'importent tourniquets, escaliers mécaniques. S'il le faut, il la métamorphosera en oiseau. Musie aime
son bel enthousiasme, sa folle imagination. Complètement
transformé par le pouvoir de la parole, Autrement lui fait une
proposition, il veut réciter ses poèmes pendant qu'elle l'accom-
pagnera à la guitare, ne désire même pas un sou en échange,
elle pourra garder tous les bénéfices de leur association, qu'est-
ce que tu en dis ?

Elle accepte, sachant très bien qu'Autrement est rendu là
dans sa recherche intérieure. Il est prêt à livrer ses textes au
grand public comme un test obligatoire qu'il échouera ou
réussira. Pour le moment, l'important, c'est qu'il fonce, l'idée
l'allume, il est flamboyant à voir, Musie le trouve admirable,
se met à l'aimer en secret, à désirer dormir à ses côtés, juste
dormir, aller plus loin serait prématuré sinon impossible. Elle
ne lui écrit rien de tout cela, bien entendu, se contente d'ac-
quiescer à sa proposition avec un large sourire et un regard plein
d'étoiles.

Ils seront nombreux les gens qui, les jours de semaine,
à heures fixes, ballottés dans leur routine épuisante, verront
ce duo dépareillé, une muette para et un poète paria, l'une

s'écorchant les doigts sur sa guitare usée, l'autre s'époumonant comme un illuminé en mal d'inspiration, ils seront nombreux à les traiter de fous sans le dire, ou à les ignorer, pour toute aumône leurs rires faux. Puis un jour de vrais fous furieux, dangereux, hallucinés, violents, désespérés (et quoi encore ?) feront la preuve, par bravade, par cruauté, que la poésie n'appartient plus à ce monde, ou, si elle y a encore sa place, elle est sans cesse contrariée par des forces sournoises, destructrices.

Mais qu'est-ce que je raconte là ? Je suis vraiment injuste, car des passants qui se sont mis à aimer Autrement et Musie, il y en eut plusieurs, de véritables admirateurs se faisaient un devoir de s'arrêter, de les écouter, de leur parler. Ils rendirent même jaloux les autres artistes du métro, leurs recettes certains jours étaient plus qu'intéressantes. Autrement refusait toujours de partager l'oseille avec Musie, il prétendait qu'elle en avait plus besoin que lui, de toute façon il retirait son chèque de chômage, qui bientôt se transformerait en aide sociale, et s'en contentait. Autrement recevait des compliments sur ses poèmes, sur sa manière de les dire. Camilio le surnomma le diseur public.

Je m'appelle Camilio, leur dit-il d'emblée la première fois qu'il rencontra Musie et Autrement. Il les adopta. Il venait les entendre tous les jours, s'assoyait devant eux, son regard enveloppant ne cillait pas tant que le duo n'avait pas terminé son numéro. À la fin, content comme un enfant, il applaudissait bruyamment, attirait l'attention sans le vouloir, prenait l'écuelle, s'empressait de solliciter les passants avant qu'ils ne se sauvent, fier de rapporter le butin à ses deux idoles. Il pouvait les suivre toute une journée, se montrait toujours disponible lorsqu'il fallait aider Musie à franchir un obstacle physique.

Ils s'attachèrent vite à lui. Parfois ils l'invitaient à manger à la binerie du coin, pour le remercier de sa fidélité. Parfois Camilio refusait l'invitation parce qu'il se sentait soudain trop mal. Les voix, il les avait retrouvées. Elles lui chuchotaient toutes sortes de trucs désagréables, il en avait plein la tête, cela faisait comme un battement terrible, envahissant, tenace. Son cœur voulait exploser. Pris de peur, il se sauvait, se croyait poursuivi, courait en titubant dangereusement près de la rame de métro, s'engouffrait dans les escaliers mécaniques dont il montait les marches deux à deux en bousculant le monde, pressé de retrouver l'air libre, de confondre au grand froid les pleurs des damnés, les rires des bourreaux, tout l'arsenal de la folie manipulatrice le prenait d'assaut...

Une fois il eut une crise pendant le récital. Autrement se tut, le prit dans ses bras pour le calmer, le rassurer, Musie joua une petite musique douce, improvisée, juste pour lui, n'aie pas peur, Camilio, nous sommes là, personne ne te veut de mal, mais il n'en croyait rien. Autrement avait beau resserrer son étreinte, Camilio se débattait toujours plus. Il le laissa s'échapper même si, au fond, il n'échappait à rien. Heureusement il revenait toujours.

Bientôt le cercle des fidèles s'agrandit. Jamais des attroupements monstres, mais il était rare que le duo restât sans public. Entre Musie et Autrement passait, fruit de leur complicité, une énergie presque palpable. On trouvait sympathique ce petit poète qui rendait ses vers avec conviction, émouvante cette handicapée à qui la musique donnait une voix. L'un et l'autre se complétaient. Quant à la guitare, on aurait dit qu'elle était vivante tellement la vie semblait l'avoir marquée. Ça fait longtemps que vous l'avez ? demandait-on à Musie. Dans son calepin, la réponse était prête puisqu'on lui avait souvent posé la question. Longtemps ? Elle a grandi avec moi dans le ventre de ma mère, c'est ma jumelle.

Au milieu des mines réjouies, Autrement terminait le récital en déclamant son fameux *Sonnet pour une guitare qui a vu la vie*, véritable morceau d'anthologie kitsch que seuls les habitués du métro de cette époque, s'ils me reconnaissent à la lecture de ce récit, peuvent se rappeler (on pourra peut-être le lire un jour si mon futur éditeur, je le répète, juge que l'engouement pour le présent récit vaut qu'on publie aussi mes œuvres poétiques complètes, n'hésitez donc pas à lui en faire la demande). Le sonnet ne manquait jamais son effet. Apothéose. La guitare devenait un objet d'admiration, de culte. Une fois Camilio, tellement il la trouvait belle, l'embrassa devant la foule amusée. Heureuse époque.

Un fichu mauve sur la tête, une vieille dame arriva un beau matin à la fin du récital. Musie vivait une petite crise d'affection, comme elle me l'avait écrit la première fois où j'en fus témoin. Dans ces moments, elle empoignait sa guitare, la serrait contre elle de longues minutes, puis la déposait calmement, le regard rempli de larmes. Par pudeur, par respect, je me détournais toujours, écrasant moi aussi une larme car ce spectacle me crevait le cœur. La vie nous joue comme ça parfois des tours dont il vaut mieux ne rien dire.

Elle arriva donc juste au moment où cela venait de finir, le diseur public était prêt à reprendre, il se sentait d'ailleurs plus nerveux que d'habitude puisqu'il essayait, selon son expression, du nouveau matériel, trois poèmes écrits la veille dans la petite chambre qu'il habitait depuis sa rupture avec Mme Sabatier. Ah, que dirait-elle si elle le voyait ? Aurait-elle honte ? Serait-elle fière ? Maya la nue, toi, me reconnaîtrais-tu ? Baudelaire, mon jumeau cosmique, pourrais-tu me transmettre le millième de ton génie ?

Avez-vous vu ma fille ? leur demanda la vieille dame, je la cherche depuis cinquante ans, je ne fais que ça, la chercher, depuis le jour où j'ai dû m'en séparer, elle s'appelle Élisa, l'avez-vous vue ? Perplexe, Autrement fixa Musie. Est-ce toi ma fille ? reprit la vieille. Vraisemblablement bouleversée, Musie, comme à regret, lui fit signe que non. Elles disent toutes ça, personne ne me prend au sérieux, et pourtant... Elle se tut.

Ses yeux se couvrirent d'un voile de tristesse. Autrement crut non pas qu'elle allait pleurer mais s'évanouir. Elle sembla chanceler, se raplomba au moment où il tenta un geste pour la secourir, elle eut presque peur lorsqu'elle le vit bondir vers elle, se recula, c'est ma fille que je cherche, pas mon fils, laissez-moi, je suis capable de me débrouiller toute seule. Elle rajusta son fichu, reprit la route, aveuglément. Devant elle, l'illusoire espoir qu'un jour quelqu'un lui dise oui, maman, c'est moi, viens, je t'attendais, semblait la garder en vie.

J'ai l'air, quand je me relis, de me sous-estimer, de me déprécier. Mon jugement sur mes qualités de poète (que vous ne pourrez pas mesurer sauf si... bon, vous connaissez la chanson) n'est pourtant pas gratuit. Je ne suis ni un faux humble ni un pauvre type rongé par la modestie. Non, je n'ai jamais été un bon poète, à tout le moins la rime, à laquelle d'ailleurs (moi qui me perçois parfois comme quelqu'un d'anachronique, né à la mauvaise époque) je me suis souvent accroché pour rien, m'a fait trouver quelques belles images qui survivent quelque part au fond de l'oubli. Tous les vers que j'ai écrits n'ont jamais réinventé la roue – encore moins la poésie elle-même – bien que je me sois amusé à cette activité. J'insiste.

Maintenant que j'ai abandonné l'écriture poétique et que je vis sereinement avec mon choix (parce que, à l'époque, cela en fut un, vous comprendrez plus tard comment et pourquoi), je jette un regard attendri et non amer sur cette période de ma vie. Je n'ai pas honte d'avoir cru dans la poésie, de m'être donné en spectacle avec Musie, malgré la suite des événements.

Désormais, pour m'exprimer, j'ai la danse. Je profite de l'expertise remarquable d'Edgar Pleau, dont je livre sans aucune réticence la véritable identité. Tout le monde devrait connaître ce monsieur éminemment respectable et estimable qui a changé ma vie (mais là-dessus je reviendrai, il me reste encore trop de choses à raconter sur ma période de diseur public dans le métro).

S'il nous arrivait d'être émus par la rencontre de personnes démunies comme Camilio et la vieille dame, nous n'étions pas non plus, devant certaines réactions inattendues, à l'abri de la gêne. Ce fut le cas d'Irma la rousse, une beauté incendiaire qui, passant par là, se sentit tellement happée par la musique et la poésie qu'elle en perdit le contrôle de son corps, nous dit-elle quand elle revint nous voir, un mois plus tard, peu fière d'elle-même. Très vite la nouvelle se répandit dans la station, la foule, insatiable voyeuse, se pressa pour assister au spectacle. Les nombreux témoins n'oublieront jamais comme elle dansait merveilleusement bien, sensuelle, possédée par un furieux besoin de séduire.

Autrement regarde Musie, ne sachant s'il faut continuer ou arrêter, car voici qu'Irma se déshabille lentement, lascivement, se défait de son blouson, de son chemisier, de son pantalon... La foule, hypnotisée, frappe des mains, bat le rythme de ce striptease gratuit, en veut plus, encore plus, toujours plus, danse, douce Irma, allez, danse !

Autrement arrête tout, Musie aussi. Portée par la foule, Irma continue de danser, tous les yeux braqués, avides, lui lancent en flèche des désirs inavouables, de secrètes vibrations passent entre elle et les autres, une femme offusquée tente de la rha-biller, mais la foule la conspue, la prend à partie, elle rend les armes, et la rumeur se gonfle, Irma enlève maintenant son soutien-gorge, on entend des hommes siffler à la vue de sa poitrine dénudée, ne reste que la petite culotte, ultime offrande.

Autrement et Musie, mal à l'aise, observent le mouvement de masse autour de la danseuse. Un wagon entre dans la station, un nouveau flot de passagers vient grossir les rangs. Irma, aveuglée par sa propre audace, telle une vague de folie subite, se laisse porter par sa musique intérieure, ne réussira pas cependant à enlever sa petite culotte.

Les gardiens arriveront, briseront le cercle enchanté des spectateurs, on entendra des huées, quelques hommes lanceront des jurons, une bagarre éclatera entre deux individus discutant de la présence des forces de l'ordre. Irma se réveillera de sa transe, ne comprendra pas ce qu'elle fait là, ou ce qu'elle a fait, une femme l'aidera à se rhabiller, son corps tentera de faire écran à la nudité de la danseuse. Irma se mettra à pleurer, elle s'étendra sur le sol, face contre terre, refusera de bouger tant que tout le monde ne sera pas parti, deviendra hystérique, un autre wagon entrera en gare, on tâchera de disperser les nouveaux curieux, on minimisera l'affaire. Irma sera amenée sur un brancard, une couverture rouge comme la honte jetée sur elle.

Le soir du striptease, Musie revient chez elle le cœur gros. Elle vide sa bouteille de scotch. Ses pensées engourdies par l'alcool, elle s'endort en se disant que jamais elle ne pourra susciter un tel désir. Si seulement Autrement voulait lui donner un peu de tendresse. Elle n'en demanderait pas plus.

Autrement rentre dans sa chambre presque heureux de voir l'effet qu'a produit sa poésie chez une femme. Le spectacle d'Irma la rousse a flatté son amour-propre, chatouillé un point sensible. Il n'a pas fait l'amour depuis sa séparation. Mais il ne pense pas à Musie, sera le premier surpris lorsqu'elle se déclarera enfin. Il voit en elle une amie musicienne, non pas une amante potentielle.

J'ai rêvé que je faisais l'amour avec toi. Mon rêve était noyé de vapeurs de scotch. Je me sentais légère. Nos corps enlacés flottaient. J'entendais ma musique. Ma guitare jouait toute seule. Tes mots étaient des nuages. Nous sommes montés haut dans le ciel, un ciel si grand, si vertigineux que je me suis affolée. La peur, mêlée au plaisir, m'a réveillée. La bouteille, vide, est tombée sur le plancher. Mon rêve a éclaté.

C'est ainsi que Musie dans son calepin a décrit l'envie qui se lovait au fond d'elle.

Autrement ne lui parlera jamais de son propre rêve. Son désir ne s'est pas cristallisé dans l'image même de Musie. Il a plutôt rêvé à Maya, eh oui, encore elle, vieux fantasme jamais liquidé mais depuis longtemps enfoui très profondément dans sa chair. Il faisait l'amour avec Maya dans l'entrepôt B.

Baudelaire les regardait, amusé. Cela rendait Autrement extrêmement mal à l'aise, cela le dérangeait si bien qu'il n'arrivait pas à se concentrer, cela finit tellement par déplaire à Maya qu'elle disparut avec les souliers noirs dans un grand rire sonore. Au matin, Autrement, humilié d'avoir vu son fantasme se dégonfler par sa faute, se dit que s'il ne trouvait plus les souliers noirs, c'était peut-être parce qu'ils avaient franchi, tout comme la pipe de Baudelaire, les frontières de la nuit...

Le diseur public mettra bientôt fin à ses activités poétiques. Mais il se ressaisira, rebondira grâce à l'aide incommensurable d'Edgar Pleau. Cet homme lui montrera la vraie couleur de l'existence, ce pour quoi on est sur terre et ce qu'on doit y faire avant de mourir. Ce sera du moins la vision particulière d'Edgar Pleau qu'Autrement adoptera, conscient de donner un but réel à la suite de sa vie.

Avant d'en arriver là, il reste à raconter cette scène déchirante, terrifiante, faire tomber le masque de l'horreur ou le fixer à tout jamais dans mon souvenir. Non, je ne me sens pas prêt, il faut, m'a dit Edgar Pleau, que j'écrive mon histoire pour mieux m'en libérer, devenir libre désormais de me livrer corps et âme à la danse, écris, écris, a-t-il insisté, fais-moi signe si tu ne te sens pas capable.

Autrement a eu recours à Edgar Pleau lorsqu'est venu le temps de rédiger la fameuse scène. Il est là, assis sur le lit, dans sa petite chambre d'un quartier triste, Autrement devant sa table de chevet, du papier, noir sur blanc, toute son histoire jusqu'à ce jour, vous êtes certain, Edgar, de vouloir rester ici ? Il ne dit mot, ce qui signifie qu'il consent, la parole pour lui est une vertu qu'il faut ménager, n'employer qu'à bon escient, c'est-à-dire pour rétablir la vérité.

Son silence dort, veilleur superbe.

Le diseur public, poète raté, en voie d'assumer sa condition, se met à écrire le récit qu'il a livré aux enquêteurs à trois reprises, sa déposition, signée par lui de son vrai nom, de ses larmes, car Autrement n'a jamais autant pleuré, il la reprend ici, elle deviendra à tout jamais de la littérature, après il se sentira mieux, pourra passer à autre chose, Edgar Pleau, qu'un poète raté attend ailleurs, en fera discrètement son disciple, puis il disparaîtra.

Les bêtes féroces tournaient autour de nous depuis déjà quelque temps. Bien que, souvent trop pris par ma poésie, je ne puisse systématiquement remarquer tous les visages dans une foule, j'affirme que ces quatre voyous, singuliers dans leur genre, ne passaient pas inaperçus, loin de là. J'ai dit à Musie t'as vu les skins, ils nous fixent, comme si on était en captivité, puis j'ai haussé les épaules, on n'avait rien à craindre, en général ces gens-là semblent vouloir provoquer mais sont inoffensifs, oui, si je me rappelle bien, c'est le discours rassurant que j'ai tenu parce que je ne désirais surtout pas affoler Musie, même si j'avais moi-même la chienne – pauvre imbécile !

Plantés devant nous, ils ressemblaient à tous les skins qu'on peut rencontrer dans la rue. Le crâne rasé, vêtus de noir, ils étaient de taille à peu près égale, sauf H, plus grand et plus costaud que les autres, qui semblait aussi tenir le rôle de chef de ce curieux quatuor.

J'ai donné aux enquêteurs des détails supplémentaires afin de leur permettre de tracer des portraits-robots. Je me souviens que H, croix gammée tatouée juste au-dessus de son oreille droite, avait les yeux verts, c'est lui qui m'a foudroyé de son regard assassin et poussé quand j'ai voulu protester, intervenir. E, A, D, les trois autres, affichaient têtes de mort et slogans haineux en anglais sur leurs t-shirts. Étaient-ils sous l'effet de la drogue au moment du drame ? Je ne saurais le dire, tout est allé trop vite, c'était si inattendu. Chose certaine, ils ne pouvaient pas avoir trop bu, leurs gestes semblaient, comment dire, bien synchronisés. Bourreaux affamés, les quatre skins étaient en possession de leurs moyens physiques.

Bras croisés, imperturbables, depuis au moins quinze minutes, ils étaient postés là. Pourquoi ont-ils décidé de passer à l'action précisément ce jour et non un autre ? Pourquoi avoir fait de nous la cible de leur haine ? Le moment leur a sans doute semblé idéal, il n'y avait personne autour, sauf Camilio, assis à côté de Musie, prêt à passer le chapeau comme d'habitude. Ils ont attendu la fin. J'ai eu le temps, pour la dernière fois, de réciter, avec je crois plus d'émotion que d'habitude, le *Sonnet pour une guitare qui a vu la vie*, comme si je pressentais que ces mots-là ne sortiraient plus jamais de ma bouche, la poésie allait trouver sa fin, moi le raté prendre toute une leçon de mort.

Camilio s'est levé, écuelle à la main, s'est dirigé vers les skins. Ont-ils été insultés par son geste ? L'ont-ils interprété comme une provocation ? Ce n'était pourtant pas la première fois qu'ils étaient sollicités. Je dirais plutôt qu'ils attendaient un signal pour commencer. Camilio, sans le savoir, a allumé la mèche.

Ils ont poussé Camilio, fait cercle autour de nous. H s'est emparé de la guitare de Musie, j'ai pensé que c'était tout ce qu'ils voulaient, ils se sont lancé l'instrument, comme pour jouer, ils souriaient, se criaient des mots que je ne comprenais pas, un langage codé, bien à eux faut-il croire, la guitare volait au-dessus de nos têtes. Je surveillai la réaction de Musie, elle avait les bras tendus, comme une enfant qui réclame son jouet, le corps vers l'avant, j'eus peur qu'elle ne tombe de son fauteuil. Je me baissai, me rapprochai d'elle, voulus me montrer rassurant, ça ne va pas durer, ils vont se fatiguer, au pire partir avec la guitare, on en achètera une autre, Musie ne semblait pas m'écouter, une partie d'elle-même était entre les mains de ces bandits, je pouvais mesurer l'ampleur de sa panique, imaginez qu'on vous arrache un bras et qu'on le fasse voler au-dessus de vos têtes, eh bien c'était pareil pour elle, un membre de son corps lui était ravi, lui échappait. Je la vis tenter de récupérer sa guitare, s'avancer vers E, faire demi-tour, se diriger vers D qui, lui, venait de la lancer à A. J'essayai d'intervenir mais fus bousculé par H qui me dit brutalement t'occupe pas, *man*, on va la libérer. Ses propos étaient-ils rassurants ? Cachaient-ils un plan diabolique ? Sur le coup, je n'ai pas compris le vrai sens de ce message.

Voici que Camilio se relève, se jette sur E, le mord au bras. S'apprêtant à attraper la guitare, E sort son couteau, en menace Camilio. La guitare tombe près de moi, je la ramasse, la serre contre mon cœur tel un objet précieux. H voit rouge, tente de me l'enlever, j'aurais dû la lui donner, m'accrocher ainsi n'a fait qu'empirer les choses, j'ai manqué de jugement, de calme aussi, j'ai crié sacre ton camp maudit crotté de nazi ! Le regard de H m'a foudroyé, son couteau m'a entaillé l'épaule, j'ai poussé un cri de douleur, je suis tombé à genoux. En relevant la tête, j'ai vu la lame ensanglantée prête à s'enfoncer de nouveau dans ma peau, peut-être directement au cœur cette fois. Ai-je souhaité mourir pour qu'on en finisse avec ce petit jeu dangereux ?

(Je me suis arrêté d'écrire, je ne me sentais pas bien, Edgar Pleau s'est levé, a mis la main sur mon épaule, là même où le couteau de H s'est enfoncé, la blessure me fait mal soudain, pourtant il n'y a plus qu'une vilaine cicatrice, mon cœur bat très fort, jusqu'à m'étourdir, continue, continue, me dit-il, tu es capable d'aller au bout.)

Camilio, que faisait-il ? Et Musie, où était-elle ? Je m'aperçus que des curieux, en attente du prochain wagon, observaient la scène. Je hurlai faites quelque chose, bande d'empotés ! Mes cris ne semblaient émouvoir personne. H m'avait abandonné à ma douleur. Il était venu en aide à E qui se battait avec le pauvre Camilio complètement hystérique. Les poings de Camilio s'agitaient à l'aveuglette. Les yeux mi-clos, l'écume à la bouche, prisonnier de monstres plus redoutables encore que ceux qui habitaient son esprit, il frappait devant lui. Par derrière H le souleva, les pieds de Camilio ne touchaient plus terre, battaient l'air, j'entendis E crier pas lui ! pas lui ! seulement la fille ! H était seul à décider. D'un signe de tête il montre à E le chemin, lui ordonne d'aller rejoindre A et D qui se sont emparés de Musie, poussent son fauteuil en zigzaguant près de la rame, dans une chorégraphie absurde. Malgré ma blessure, je me mets à courir après eux, j'ai encore la guitare avec moi, soudée à mon corps, je tente de les rattraper, je crie allez chercher les gardiens, vite, ce sont des tueurs ! Ou personne ne voulait comprendre, ou la confusion était trop grande pour qu'on réponde à mon désarroi. J'avais le bras plein de sang, je devais inspirer l'horreur plus que la pitié, des gens qui connaissaient le diseur public, l'avaient entendu réciter naïvement ses vers en des temps meilleurs, ont probablement pensé, en me voyant aussi désemparé, que la poésie avait finalement fait sauter mes neurones puisque je me conduisais comme un fou...

Je n'ai pas revu le visage de Musie. Avait-elle tout compris depuis l'instant où les skins lui avaient dérobé sa guitare ? S'était-elle résignée ? Ils ont poussé le fauteuil roulant devant le train qui arrivait. Camilio, lui, a été lancé à bout de bras sur les rails. Puis ils ont pris la fuite. J'ai entendu des cris, j'ai vu des passagers reculer, vomir, moi je ne me suis pas avancé, je ne voulais pas, peut-être ai-je été lâche, deux innocents avaient été tués, je n'éprouvais tout à coup qu'une envie, me sauver, courir devant moi pour fuir le pire comme si le pire justement ne venait pas d'arriver, n'avoir de comptes à rendre à personne, me noyer dans l'anonymat le plus glauque, m'évanouir, puis mourir dans un rêve doux. J'ai honte d'écrire cela, j'aurais payé cher pour revenir en arrière, quand la nudité de Maya ravissait mon regard – ô merveilleux temps de mon innocence ! – ou que le mal dormait dans les fleurs inoffensives de Baudelaire...

Edgar Pleau vient de poser ses mains sur mes épaules. Je n'irai pas plus loin dans le récit de la mort de Musie et de Camilio. De toute manière, que pourrais-je encore en dire ? J'ajouterai simplement que, jusqu'à l'arrivée des policiers, je suis resté sur place. On a évacué la zone de la tragédie pour pouvoir récupérer les corps – ce qu'il en restait. Moi, à ce moment-là, j'étais déjà dans l'ambulance, je me dirigeais vers l'hôpital le plus proche, des agents me suivaient, pressés de recueillir mon témoignage. Mon épaule me faisait terriblement souffrir, mais ce n'était certes pas la pire douleur que j'éprouvais.

Je tremble. Mes yeux s'embuent de larmes. Je ne suis qu'un faible, je le reconnais. Maintenant il faudra que je me joue du destin, que je retrouve confiance en moi. Vivre avec mes souvenirs m'apparaît impossible. Et pourtant comment oublier ?

Ils ont bien tenté de m'enlever la guitare. Je me suis mis à chialer, ça jaillissait comme un geyser, ça pissait de partout, mes larmes, longtemps retenues, longtemps cachées, éclaboussaient tout mon passé.

Ils me l'ont laissée. Je l'ai apportée chez moi. Le lendemain, la guitare qui avait vu la mort jouait déjà, avec sa fidèle maîtresse, quelque mélodie triste dans les corridors du rêve...

La veille nous avions dormi ensemble. Je l'avais raccompagnée chez elle, dans son petit trois et demi mal adapté, elle m'avait demandé d'entrer, de rester un peu car elle ne voulait pas se saouler ce soir-là, elle en avait assez des lendemains de cuite, cela n'effaçait pas le mal qui au réveil revenait toujours plus tenace. Elle s'était préparée à des aveux, griffonnés nerveusement dans son calepin. Depuis que je la connaissais, elle m'avait tellement inspiré que je l'avais appelée Musie, ma muse musicienne. Elle avait trouvé ce surnom amusant, refusant de me révéler sa véritable identité pour ne pas rompre le charme de notre complicité. J'étais son poète.

Assis à côté d'elle dans son lit, je passai une partie de la nuit à lire son dernier calepin qu'elle consentit à me livrer, dont elle me fit cadeau au matin. Reprenant certains passages à haute voix, je pleurai et ris avec elle, la réconfortai. Ses confidences l'ont libérée, comme un mourant qui reçoit les derniers sacrements. Elle pouvait partir en paix. Son cœur était tranquille, son âme pure.

Elle s'est endormie la première. Longtemps, avant que le sommeil ne me happe à mon tour, je l'ai regardée. De son visage détendu émanait une douce sérénité. Je m'aperçus qu'elle était belle, belle des violences subies par tous les enfants de la terre, belle des amours déçues, belle des espoirs crevés, belle d'un avenir brisé.

Dans son sommeil, son souffle produisait un petit bruit, une impossible chanson naissait sur ses lèvres. La nuit lui rendait une émouvante parole. Si tu avais vécu plus longtemps, petite Musie, nous aurions pu faire encore un bon bout de chemin ensemble, pardonne-moi de t'avoir abandonnée à la brutalité des démons.

Elle s'est réveillée la première, s'est collée à moi comme à la dernière espérance entrevue au lever du soleil. Quand j'ai ouvert les yeux, elle n'eut pas besoin de me l'écrire. Je lui fis l'amour, pénétrai en elle jusqu'à l'ultime seuil de ses secrets. C'était bon. C'était chaud.

Au pied du lit, la guitare souriait.

V

Transcription du dernier calepin

La musique souvent me prend comme une mer !

BAUDELAIRE,
« La Musique ».

Je me suis réveillée à quatre heures du matin, devant la porte de mon appartement, étendue dans le corridor. Qu'ai-je fait la veille pour me retrouver dans une telle position ? Après le départ de mon poète, dans le parc près de chez moi, j'ai bu seule jusqu'à minuit, heure à laquelle, si je me rappelle bien, j'ai regardé ma montre la dernière fois. C'est ça. Paradoxalement je ne me souviens pas de m'être rendue à mon appartement. Mais il a bien fallu que je le fasse. J'ai trouvé mes clés sur le seuil. J'ai dû perdre l'équilibre pendant que j'essayais d'ouvrir. Heureusement qu'aucun des nombreux petits vieux cardiaques de l'immeuble ne m'a découverte inconsciente dans le couloir. Sinon j'aurais sûrement passé une partie de la nuit avec un cadavre à mes côtés !

*   *   *

Ma guitare ne va pas bien aujourd'hui. Elle a résisté à mes nombreuses tentatives pour l'accorder. Entre elle et moi, donc, désaccord. Je vais la laisser reposer. Je crois qu'elle n'est pas contente d'avoir dormi dans le corridor, à moins qu'elle ne soit jalouse de ma relation avec mon poète. Elle est bien assez capricieuse pour ça !

*   *   *

[*Page blanche.*]

91

*   *   *

Il m'arrive moi-même d'être envieuse du bonheur des autres. L'autre jour, au parc, je n'ai cessé de fixer un couple d'amoureux. Ils devaient avoir à peine vingt ans. Ils se découvraient, semblaient vivre hors du temps, ivres hors du monde. À cet âge je fuyais la vie. J'avais peur. Mon destin était de me cacher.

*   *   *

La musique m'a aidée à me faire confiance. Écrire dans mes calepins, au fil des ans, m'a fait vivre par fragments, par procuration, par défaut.

*   *   *

Moi : un tison toujours prêt à allumer l'incendie ? Foutaise : je ne suis bonne qu'à éteindre mes feux intérieurs !

*   *   *

Oui, madame, je suis paraplégique et muette. C'est bien triste. Comme vous dites. Merci de vous donner la peine de lire ce que j'ai écrit et surtout de ne pas me fuir comme si j'avais la gale ou pire.

Depuis l'âge de cinq ans que je suis comme ça. C'est arrivé à la suite d'une intervention chirurgicale ratée.

Non, mes parents n'ont pas poursuivi le médecin.

Je me débrouille.

Oui, merci.

*   *   *

Non, je n'ai pas pris un coup hier soir. Cesse de t'inquiéter pour moi. De toute façon, je suis écœurée des matins noirs.

*   *   *

J'aime beaucoup tes nouveaux poèmes. Je trouve que tu as le sens du rythme. Comment il s'appelle déjà ton jumeau ~~comique~~ cosmique ? Ah oui, Baudelaire, continue comme ça et tu vas l'égaler. Non ?

*   *   *

Mes parents ont cru que j'allais recouvrer la parole un jour, que c'était dû à un choc post-traumatique lui-même consé-quence directe de l'erreur médicale qui m'a rendue paraplégique pour le reste de ma vie. Leur petite fille adorée ne pourrait jamais leur dire je vous aime : situation impensable pour eux dont j'étais l'enfant unique. Mon père prétendait que j'avais déjà parlé, avant cinq ans, point sur lequel ma mère n'était pas d'accord, jurant dur comme fer qu'au mieux je n'avais poussé que des cris de sauvageonne. Ainsi étais-je un sujet de discorde pour mes parents. Fatigués de bercer leur désillusion, ils ont conçu ma sœur. Elle, elle serait sûrement normale, parfaite. Quant à moi, je n'ai aucun souvenir de parole.

*   *   *

[*Page arrachée.*]

*   *   *

J'aurais voulu être belle. Cela aurait au moins pu compenser mon double handicap. On m'a dit cent fois que ma beauté était intérieure. Ce pieux compliment devait me suffire. J'en doute, à moins d'être aimée par un saint. En connaissez-vous un pour moi ?

*   *   *

L'espoir de pouvoir continuer à faire de la musique, voilà à quoi m'accrocher. Le reste ne m'illusionne plus.

*　*　*

Un jour, désespéré, mon père, lui qui m'aimait tant et refusait tout aussi fort ma situation, a voulu me faire parler. Il a serré ses mains autour de mon cou jusqu'à ce que je crie. Ses yeux étaient rouges de peine et de colère contre le destin qui s'était acharné sur moi. Parle, parle ! m'ordonna-t-il. Il serrait de plus en plus fort. Je ne le reconnaissais plus. De toute manière, comment aurais-je pu, à moitié étranglée, pousser le moindre son ? Je ne comprenais pas. Quand il a vu que j'étais devenue toute rouge, affolé, il a lâché prise. Il a éclaté en sanglots, m'a enveloppée de ses bras et demandé pardon à genoux. Il n'a jamais recommencé. Quelques jours plus tard, mon père m'a donné une guitare en me disant que désormais ma voix serait la musique. C'est pour lui que j'ai appris à jouer.

*　*　*

Pense-bête : passer m'acheter du scotch, malgré la dernière cuite et la gueule de bois de ma guitare.

*　*　*

Tous mes malheurs se noient. Mon désespoir devient liquide. Je suis eau. (Tiens donc, c'est de la poésie ça ? Il faudra que j'en parle à mon poète.)

*　*　*

Depuis que je fais équipe avec toi, je me sens moins seule. Et toi ?

*　*　*

La chose la plus bizarre qui m'est arrivée, c'est quand j'ai voulu demander ma route à un aveugle : dialogue de sourds !

*　*　*

[*Page à moitié déchirée sur laquelle on peut lire :* j'aime qu'on m'aime mais je.]

*　*　*

Il fait beau aujourd'hui. J'écris dans mon calepin que je suis heureuse. Ce genre d'état d'âme ne m'arrive pas souvent. Il faudrait bien que j'inscrive la date pour m'en souvenir.

*　*　*

Pardon, monsieur, quel jour on est ?

*　*　*

Ma condition posait un double problème. Comme j'étais paraplégique, muette, mais non sourde, à quelle école devait-on m'envoyer ? Je ne pouvais me retrouver avec des enfants normaux, qui marchent, qui crient, qui pleurent. Puisque j'entendais, l'institut des sourds-muets n'était pas de mise. Finalement on a choisi le moindre mal. J'ai été admise dans des groupes de sourds-muets. On m'a enseigné le langage signé que je n'ai pu utiliser qu'avec mes camarades de classe. Mes parents ont refusé de l'apprendre : ils préféraient que je leur écrive. Si je pouvais communiquer avec les sourds-muets, il m'était impossible de partager leurs jeux à la récréation dans la cour. Par contre, j'ai dû subir les étranges hurlements de bêtes qu'ils poussaient parfois dans des moments de plaisir ou d'affolement. Encore aujourd'hui, quand je me souviens de l'école, ma tête se remplit de cris d'enfants qui ne s'entendaient pas crier.

*   *   *

[*Page blanche.*]

*   *   *

Pense-bête : acheter du lait et du pain chez le dépanneur. Si l'on doit nourrir l'espoir, l'espoir seul en revanche ne nourrit pas.

*   *   *

Parfois j'ai l'impression que les gens me regardent comme si j'étais un monstre. D'accord je n'ai rien d'un modèle de beauté mais je ne vois pas pourquoi je pourrais inspirer l'horreur. La réaction des uns devant la différence est parfois troublante pour ceux qui vivent cette différence. J'en sais quelque chose.

*   *   *

Mes parents ont vite renoncé à consulter des médecins pour tenter de comprendre pourquoi je suis muette. Ils avaient perdu confiance et tenaient les médecins responsables de nos malheurs.

*   *   *

[*Page arrachée.*]

*   *   *

Remplacer mes cordes vocales par des cordes de guitare, telle était l'idée de mon père. Fallait y penser.

*   *   *

J'ai acheté, dans un magasin de livres d'occasion, un vieil exemplaire des *Fleurs du mal*. Je veux savoir ce qui anime tant mon poète. C'est pour moi une façon de le connaître sans trop me montrer indiscrète.

*   *   *

~~Dormir avec toi.~~

*   *   *

Il m'arrive souvent de rêver à mon poète. Quand il me raconte sa vie d'avant sans faire la part des choses entre le vrai et l'invention et que je reçois ses confidences comme un don, je rêve la nuit que je suis sa Maya, sa Mme Sabatier, son ange de poésie, mais jamais au grand jamais tout simplement sa Musie, moi, pauvre tête de linotte !

*   *   *

[*Passage illisible.*]

*   *   *

Peut-on cesser d'aimer tout à coup ? Je crois que oui. Quand ma sœur est née, ma mère l'a couvée, dorlotée, surprotégée, comme si elle avait peur qu'il lui arrive un malheur à elle aussi. Elle s'en est fait une alliée dans l'exercice de la cruauté, car ma mère est devenue pour moi un étrange bourreau. Elle s'est obstinée à m'ignorer comme on oublie un vieux chandail au fond d'une armoire. Ce que j'ai pu pleurer ! Maman, aime-moi ! aurais-je voulu crier. Mais les désirs aphones demeurent souvent sans réponse.

* * *

Continuez tout droit jusqu'au prochain stop, puis tournez à droite, vous ne pouvez pas le manquer, c'est au bout de la rue.
Mais non, madame, vous ne m'avez pas dérangée.
Je vous en prie.

* * *

Où est-ce qu'on va manger à midi ?

* * *

Je ne pourrais jouer dans le métro sans l'aide des autres. La semaine passée, les escaliers mécaniques étaient en panne. Mon poète m'a transportée pendant que Camilio s'est occupé de mon fauteuil. Dans ses bras, je suis comblée.

* * *

J'ai déjà cru tomber amoureuse de mon facteur. Pourquoi lui ? Parce que pendant longtemps, alors que je me terrais chez moi, avant même d'imaginer que ma musique puisse plaire aux autres, c'était le seul homme avec qui je pouvais avoir un contact. J'en suis venue à fantasmer sur lui. J'imaginais que son sac débordait de lettres d'amour et qu'il m'en donnerait une écrite de sa belle main. Espérait-il un signe ? Que je me déclare ? Je l'ai attendu dans le couloir, le temps qu'il ouvre les boîtes aux lettres, j'ai fait semblant de passer par hasard. Avez-vous une lettre pour moi ? ai-je osé écrire dans mon calepin. Il a lu, m'a demandé mon numéro d'appartement, pas mon nom, il n'avait rien, et pressé il a tourné les talons sans même me souhaiter une bonne journée. Maudit air bête !

* * *

L'amour est-il un impossible rêve ?

* * *

31,50 $. Pas mal pour une heure ! Nous sommes riches ! As-tu vu le petit garçon qui est venu nous porter deux sous noirs ?

* * *

Je sens vibrer en moi toutes les passions... Ce vers de Baudelaire signifie beaucoup pour moi. Je comprends pourquoi mon poète l'adule. Il y a sûrement dans ses poèmes des correspondances secrètes, dont il ne se doute même pas, avec sa propre existence. Ça doit être pour ça que tant de gens aiment l'art. Et ils ne le savent pas.

* * *

J'aimerais écrire une lettre. À qui ? À mon facteur ?

* * *

Pourquoi mon père s'est-il un jour emmuré dans son silence ? Par solidarité ou désespoir ? Ma mère et lui n'avaient même plus l'énergie de se quereller pour moi. Dans la maison, livrée à moi-même, je suis vite devenue un sujet tabou. Puisqu'il n'y avait pas d'espoir de guérison, à quoi bon en parler ? La vie allait suivre son cours.

* * *

Non, tes histoires ne m'ennuient pas. Continue. Tu es un bon conteur. Tu me livres de grands pans de ta vie alors que tu ne sais pratiquement rien de moi.

99

*   *   *

Pense-bête : me confier à lui quand il sera temps qu'il sache certaines choses, lui faire lire ce calepin.

*   *   *

Je commence à raffoler de Baudelaire. Je connais certains de ses poèmes par cœur. Merci à toi de m'avoir donné le goût de la poésie. Je pense que je vais composer une musique qui traduira ce que j'éprouve à la lecture de Baudelaire. Qu'est-ce que tu en penses ?

*   *   *

J'aime beaucoup Camilio. Il ne nous lâche pas. Comment pourrions-nous nous en passer ? Il est dépourvu de malice. Sa générosité est entière.

*   *   *

Quel est le pire handicap : sourd, muet, aveugle, paraplégique, schizophrène... ? Pour le moment, je n'ai pas de réponse. Et toi ?

*   *   *

J'appellerais ça un triomphe. Le public ne nous lâchait plus. Bravo pour ton sonnet. Ma guitare en est fière.

*   *   *

Te souviens-tu de la vieille qui cherchait sa fille ? J'aurais tant aimé être son Élisa. Si seulement j'avais pu la prendre dans mes bras.

* * *

Cher facteur,

Je ne sais pas trop comment vous dire ce que j'ai à vous dire. Vous m'avez déjà vue ici dans l'immeuble. Je suis la petite infirme de l'appartement n° 2, celle qui parfois vous attend, oui, muette en plus, pas drôle d'être comme ça, hein, vous ne désireriez sûrement pas vous trouver à ma place ? Qui le souhaiterait ? Je ne veux pas me plaindre ni faire pitié. Mais... comment vous dire ? Eh bien voici : je suis déçue parce que l'autre jour vous ne m'avez pas souri. C'est stupide, j'en conviens, mais ça m'a fait de quoi. Le courrier que vous m'apportez est souvent plat. Des comptes, des factures, de la publicité, rarement une lettre personnelle pour me réchauffer le cœur, ce n'est pas ça qui nourrit l'espoir. Si au moins vous pouviez vous coller un sourire sur les lèvres et me laisser croire qu'il est juste pour moi. Ça ne coûte rien. C'est une des rares choses encore gratuites sur cette terre. Pendant que je vous écris, je termine mon troisième verre de scotch. Je verrai le fond de la bouteille bientôt. Mais quand pourrai-je me saouler de votre beau sourire ? Pardonnez mon sans-gêne. C'est la boisson qui fait ça. De toute façon, cette lettre n'est qu'un prétexte, une manière de meubler ma solitude. Vous ne la lirez jamais. Baudelaire, ça vous dit de quoi ? [*Suivent trois lignes illisibles.*]

* * *

[*Page blanche qui semble avoir été imbibée d'alcool.*]

* * *

J'ai rompu avec ma famille le jour où j'ai quitté la maison. Mon père est mort étouffé par son propre silence. On l'a trouvé un matin dans son lit, le visage bleu, la bouche ouverte. Ma mère n'a pas vécu un grand deuil. Au contraire, elle a redoublé d'énergie pour ma sœur, n'avait de vie que pour elle. Comme cette enfant resplendissait de normalité ! De ma sœur je n'ai jamais réussi à me faire une complice. Déjà, toute jeune, elle me regardait de haut, m'exhibait ses jambes, ne se gênait pas pour afficher sa supériorité, fière de ce corps qui se développait normalement. A-t-elle toujours su qu'il m'était impossible de rivaliser avec elle ?

*   *   *

Pense-bête : lui dire mon désir. Mais comment ?

*   *   *

~~Je veux que l'on fasse l'amour.~~
~~Veux-tu coucher avec moi ?~~

~~Juste une nuit ensemble ?~~
~~Merde !~~
Pourquoi est-ce si compliqué ?

*   *   *

J'ai rêvé que je faisais l'amour avec toi. Mon rêve était noyé de vapeurs de scotch. Je me sentais légère. Nos corps enlacés flottaient. J'entendais ma musique. Ma guitare jouait toute seule. Tes mots étaient des nuages. Nous sommes montés haut dans le ciel, un ciel si grand, si vertigineux que je me suis affolée. La peur, mêlée au plaisir, m'a réveillée. La bouteille, vide, est tombée sur le plancher. Mon rêve a éclaté. Aurai-je le cran de lui faire lire ça ?

* * *

Le pire handicap, c'est la peur qui paralyse.

* * *

[*Page arrachée.*]

* * *

Un jour, parce que je sentais l'urine, ma sœur a fait semblant de vomir en passant devant moi. S'il restait encore un lien possible entre nous, eh bien il s'est brisé cette fois-là. À défaut de pouvoir lui crier ma colère, j'aurais tant voulu écraser dans ma pisse sa face de sainte parfaite !

* * *

Viens passer la nuit avec moi. Je ne boirai pas. Les lendemains sont trop durs. T'étendre à mes côtés : je ne te demanderai rien d'autre. Tu dis quoi ?

* * *

Mon père n'a jamais pu applaudir mes talents de guitariste. Mon apprentissage a été long. J'ai mis du temps avant de m'intéresser à son cadeau, de comprendre ce qu'il voulait que j'en fasse. Il est mort avant. Ma mère et ma sœur, à leur corps défendant, m'ont entendue. La première fois, je me souviens de m'être plantée fièrement devant elles, de les avoir défiées du regard, avant de me mettre à jouer *Parlez-moi d'amour*, la chanson préférée de ma mère. Quand j'ai eu fini, j'aurais tant aimé que ma mère me prenne dans ses bras. Imperturbable, elle a demandé à ma sœur ce qu'elle voulait manger pour dîner.

* * *

[*Passage illisible sauf un mot :* mourir.]

* * *

Ma mère et ma sœur m'ignoraient. Je n'allais pas baisser les bras, du moins pas tout de suite. Pour de nouveau leur montrer que j'existais, j'ai continué de jouer contre leur gré. Rien n'y faisait. Découragée, voulant aussi voir jusqu'où elles pouvaient manquer de cœur, j'ai pratiqué l'autodestruction, une à une j'ai arraché les cordes de ma guitare, comme si j'extirpais des morceaux de mon propre cœur. Le spectacle de mon désarroi ne les a nullement attendries : il a plutôt semblé les réjouir. J'ai regretté ce geste inutile. C'est à moi que j'avais fait du mal. Elles étaient satisfaites. J'avais joué leur jeu. Elles avaient gagné. Depuis je dorlote ma guitare. J'aimerais mieux mourir plutôt que de m'en séparer. Si elle pouvait parler, elle en raconterait des choses !

* * *

Poète, réconcilie-moi avec l'amour, le passé, la vie. À toi de jouer !

* * *

[*Page blanche.*]

* * *

Ce matin, j'écris que je ne serai plus jamais pareille. Dans toutes tes caresses, j'ai senti la vie me parcourir, un frisson long comme un rayon de soleil a couru sur ma peau et inondé mon corps. Même mes jambes mortes ont participé à cette fête du plaisir.

* * *

Prête pour une autre journée dans le métro. Je respire comme si c'était la première fois.

* * *

Ô Mort, vieux capitaine, il est temps ! levons l'ancre ! Ce vers de Baudelaire me trotte dans la tête comme une mauvaise rengaine. Pourquoi ?

VI

La danse de la marionnette désarticulée

Que ce soit dans la nuit et dans la solitude,
Que ce soit dans la rue et dans la multitude,
Son fantôme dans l'air danse comme un flambeau.

BAUDELAIRE,
« Tout entière ».

Je suis heureux. Cela peut surprendre. Mais c'est la vérité.

Commencé il y a quelques mois alors que, plein de colère après la tragédie du métro, je ressentais très fort autour de moi la perte des êtres et des choses, ce livre, dont le début trompeur respire le désarroi sous les faux sarcasmes, le désespoir sous les faux-fuyants, camouflant dans les mots mêmes un intense besoin de parler, de crier à l'injustice, au vol, j'ai longtemps refusé de l'écrire. Ayant abandonné la poésie, ou la poésie m'ayant abandonné quand les skins ont jeté Musie et Camilio dans la fosse aux wagons, je ne croyais plus à la littérature, les ambitions que je nourrissais à vingt ans, qui pour des raisons différentes me rendaient aveugle au royaume des borgnes, sourd à la fureur du monde, fou de Maya et de Baudelaire, ne comptaient plus. Risibles, mes chimères agonisaient, ne méritaient pas de vivre.

Qu'avais-je encore à perdre ?

Edgar Pleau est arrivé, je rédigeais ce récit, je tuais ainsi le temps, j'oserais dire que je taquinais les mots, la prose, négligée par moi jusqu'à ce jour, sans me faire miroiter trop d'illusions, m'ouvrait des horizons jusqu'alors insoupçonnés. Faire le pont entre mes mésaventures, le point aussi (même si cette dernière expression me pue au nez), voilà ce que j'espérais de l'écriture de ce livre. Quant à sa publication, je n'en fais pas un absolu. Cependant, s'il trouve preneur, peut-être qu'il pourra venir en aide à d'autres poètes ratés, faire connaître, par la même occasion, l'œuvre essentielle, souterraine, d'Edgar Pleau. Seul l'avenir me donnera raison ou tort.

Je voulais tout lâcher. Edgar Pleau, à qui j'ai confié mon histoire, m'a encouragé à continuer, mon salut passait par ce moyen, me dit-il. Après, revenu à de meilleurs sentiments, je pourrais me consacrer totalement à la danse de la marionnette désarticulée, une technique (encore que le mot ne plaise pas à Edgar Pleau qui, lui, préfère parler d'une *manière d'être*) qu'il a mise au point pour se sortir de son merdier personnel.

Je n'en sais pas beaucoup sur Edgar Pleau. Je présume que c'est un homme qui, avant de trouver son salut, a aimé, pleuré, souffert, bu toutes ses défaites. Son histoire est sûrement extraordinaire. Aujourd'hui il aide les poètes ratés comme moi. Il en a fait sa spécialité, sa vocation. J'ignore pourquoi les poètes ratés l'intéressent tant, quels rapports il a entretenus avec la poésie, ce n'est pas quelqu'un qui se confie, je l'ai déjà dit, son silence est plus précieux que sa parole, on n'a qu'à le regarder quand il danse, on comprend pourquoi on veut l'imiter, combien cet homme fantastique a du mérite.

Je vous vois déjà dire que j'ai laissé la poésie, art autrement plus noble que la danse de la marionnette désarticulée, pour suivre l'enseignement d'un hurluberlu, je vous entends vous moquer de moi, faire des gorges chaudes pendant que vous lisez mes propos, que vous essayez de trouver la fêlure. Soit, j'accepte vos jugements, de toute façon j'ai appris, grâce à la danse justement, à me défier de tout ce qui me ramène, délibérément ou non, à ma vie d'avant, à mes anciennes chimères qui m'ont, elles, mené là où vous savez. Désormais le destin me passe sur le dos comme la pluie sur les plumes d'un canard. Je ne dis pas ça pour fanfaronner.

Edgar Pleau n'est pas un médium, un gourou, un psychologue du dimanche, un thérapeute à la petite semaine, un animateur, un motivateur, un moraliste, un évangéliste à l'américaine ou quelque autre mythomane sans scrupules. Il ne passera jamais à la télévision, il est plus pauvre que moi qui dois me contenter d'un maigre chèque de l'aide sociale qu'on menace d'amputer à tout propos – ça c'est une autre histoire.

S'il sent que vous êtes devenu trop dépendant de lui, il s'arrangera pour s'effacer, disparaître de votre vie. En fait je pourrais affirmer, il n'en serait nullement outré, qu'Edgar Pleau n'existe pas, sauf à l'intérieur de chacun de nous. Vous avez au fin fond de vous-même quelqu'un qui vous indique la voie, temporise lorsque vous n'êtes que colère et indignation, vous ranime quand vous sentez votre dernier souffle mourir à vos lèvres, vous prend dans ses bras si la torpeur vous empêche d'avancer.

Découvrez-le.

Je vous entends médire que je parle de Dieu, Yahvé, Mahomet, Bouddha, Krishna et leurs congénères connus ou inconnus, que je fais dans la bondieuserie niaise (est-ce un pléonasme ?), je répondrai que je ne crois plus depuis longtemps. Il est devenu mystique, chuchoterez-vous à l'oreille de votre voisin, sourire en coin, trop heureux d'avoir découvert la faille ou l'explication, ce qui revient au même dans mon cas. Rassurez-vous, j'ai cessé de pelleter des nuages, l'au-delà est ici, ça n'a rien à voir avec un quelconque paradis naturel ou artificiel, le ciel c'est l'enfer, il faut se faire une raison.

Je suis devenu pratique, terre-à-terre, plat.

Mon bonheur est-il médiocre ? La médiocrité fait-elle mon bonheur ? J'assume d'avance votre réponse. Je ne suis pas sur terre pour chercher plus loin.

Je vois votre rictus moqueur déborder de méchanceté, prétendre que je tiens un discours fanatique, à la limite du compréhensible, moralisateur, auquel cas je vous conseillerai de fermer immédiatement ce livre si vous n'avez pas la patience d'aller jusqu'au bout, d'essayer de comprendre dans le peu qu'il me reste à raconter. J'insiste.

Edgar Pleau ressemble à ces petits personnages sortis tout droit des toiles de Magritte, pareils à des gouttes de pluie tombées du ciel, même habit, même manteau, même chapeau melon. La première fois que je l'ai croisé, je lui ai trouvé cet air connu, me suis souvenu de l'œuvre du peintre que j'avais explorée avec enthousiasme pendant ma période Maya, notamment parce que, en quête d'une échappatoire, je m'intéressais au surréalisme, cherchais à m'évader dans une autre réalité.

J'ai tout de suite vu en Edgar Pleau l'image de ce que je suis, non pas que je lui ressemble au physique, mais parce que sa condition, que je partage, me ramenait à la condition de tous les hommes. J'admets que mes propos peuvent à la limite paraître abstraits, obscurs, ésotériques même. Ils sont pourtant le fruit d'une mûre réflexion puisque je suis désormais moi-même une sorte d'Edgar Pleau. Sans nous connaître, nous nous multiplions secrètement sur cette planète. Mon discours est donc celui de mes pairs. Il m'a été donné, légué par Edgar Pleau lui-même, par une sorte de transmission de pensée, d'accord tacite. Je le répète, Edgar Pleau ne parle pas beaucoup. Quand il se fait entendre, c'est de l'intérieur que sa voix me parvient, comme si c'était moi qui me parlais du fond des âges.

Je l'ai aperçu, Edgar Pleau, à une intersection, il attendait pour traverser, un agent l'a abordé. Devant le policier, sur le trottoir même, piétons et automobiles passant de chaque côté, il a exécuté la danse de la marionnette désarticulée, puis à la fin s'est effondré comme il se doit. Ce spectacle saisissant a duré tout juste quelques minutes, le temps que l'agent, surpris, l'aide à se remettre sur pied, se confonde en excuses, lui offre de l'emmener à l'hôpital, j'imagine, car le bruit de la circulation m'a empêché d'entendre ce qui se disait. Edgar Pleau a reboutonné son manteau, replacé son chapeau, s'est incliné devant le policier, a traversé la rue.

Quand il fut rendu de l'autre côté, là où je me trouvais, d'où j'avais vu toute la scène, intrigué par cet individu hors du commun, je le saluai d'un signe de tête, il me rendit ma politesse, continua sa route. Je ne cessai d'observer son pas volatil, jusqu'à ce qu'il disparaisse à la croisée des boulevards, aérien personnage.

Le même soir, il était posté devant mon immeuble. J'arrivais d'une journée d'errance dans la ville, ma nouvelle occupation quand je n'écris pas ce livre, je roulais ma bosse, traînais mon chagrin, non encore remis des derniers événements, malgré le temps qui s'entêtait à passer. Lui, si avare de mots, me dit d'emblée j'ai senti que vous aviez besoin d'aide, je me présente, Edgar Pleau. Aussitôt en confiance, nullement étonné, je lui racontai mon histoire.

Je le revis peut-être à trois ou quatre reprises dans les mêmes circonstances. Il venait à ma rencontre, apparaissait à ses heures, savait qu'il me verrait, son flair, son instinct était fort, inébranlable. La dernière fois, comme s'il me transmettait un grand secret, il me montra la danse de la marionnette désarticulée. Je n'eus pas de mal à l'imiter, le spectacle du coin de la rue étant gravé dans ma mémoire comme un fossile dans la pierre. Je compris, sans qu'il me l'eût vraiment dit, le sens de la danse, tout le bien-être qu'elle apporte (sur lequel d'ailleurs je reviendrai).

Edgar Pleau, depuis ce temps-là, a disparu de ma vie, aussi subitement qu'il était apparu. Quand j'en ai besoin, je pense à lui. Mon esprit se remplit de sa souveraine présence.

Quelle est donc cette danse ? Quand doit-on l'exécuter ? Chaque fois que vous sentez le destin paré à vous tomber dessus, la danse de la marionnette désarticulée vient à votre rescousse, fait un croc-en-jambe au malheur, à tous les emmerdeurs qui ne demandent pas mieux que de se jeter sur vous, pareils à l'araignée sur la mouche frétillante qui vaincra cependant l'emprise tentaculaire à force de résister, de se battre.

Le corps mou, vous bougez tous vos membres, comme si vous étiez une marionnette et que vous vous jouiez des ficelles qui essaient de vous tirer dans tous les sens. Les témoins diront que vous avez l'air en crise, en transe, si bien qu'après vous être escrimé frénétiquement de la tête aux orteils, vous vous laissez tomber comme une chiffe molle, inerte quelques minutes, le temps de reprendre votre souffle, jusqu'à ce qu'on vienne vous relever, s'enquérir de votre état, alors vous avez beau jeu de prétexter un malaise passager, de vous défiler, excusez-moi, je dois vous quitter. S'il arrive que trop figé, trop surpris, on ne réagisse pas, dans ce cas faussez rapidement compagnie, n'attendez pas qu'on vous secoure, de toute manière n'espérez jamais rien de personne.

Ce qui aide aussi, pendant que vous dansez, c'est de vous répéter mentalement *plus rien ne me flouera*, comme un mantra, un leitmotiv, un diktat, la certitude qu'ainsi on déjoue la réalité, on fait dévier le destin de sa trajectoire.

On le prend de court. On le plaque. On l'assomme.

Loin des yeux du soleil

Danser, c'est abolir l'empire de toutes les forces négatives qui veulent s'emparer de votre existence.

Tel est l'enseignement d'Edgar Pleau.

Depuis la mort de Musie et de Camilio, événement qui a assassiné mes vieilles prétentions de poète (vous le savez, je crois avoir été assez clair sur ce point), outre la rédaction de ce livre, je passe des heures à marcher par beau temps dans la ville, ayant trouvé dans la marche une manière d'écrire, si je puis dire, puisque c'est souvent pendant cette activité, au rythme de mes flâneries pédestres, que mon imagination se déploie, court à des vitesses maniaques, bat tous les records de fantaisie. Quand j'aurai fini ce récit, qui raconte essentiellement mon histoire jusqu'à ce jour (je suis arrivé à un moment où, pour les raisons que vous connaissez, un bilan s'imposait), si j'ai du succès et que l'envie me prend d'en écrire un autre, je l'écrirai en marchant.

Ce sera un livre fou, martelé par le bruit de mes pas, saccadé par les soubresauts de ma respiration, rempli de pâtés, de taches d'encre, de détours, passages en accéléré, descriptions au ralenti, rebondissements au repos, dialogues en apesanteur. Mes personnages auront le visage triste et grave des passants que je croise. Ils vivront dans des maisons où parfois le soir, théâtre d'un drame secret, derrière les rideaux vacille une lumière blanche, valsent des ombres qui s'embrassent avant de s'entretuer. Soumis à de fulgurantes fatalités, ils connaîtront des destins imprévisibles. Si ces univers un jour emplissent ma conscience, prennent le pas sur la réalité, me font plonger dans la fiction comme dans une malsaine habitude, menacent de me faire perdre pied, je me secouerai de ce poids étourdissant grâce à la danse de la marionnette désarticulée. Léger, je retrouverai ma liberté.

La danse de la marionnette désarticulée me fut une fois d'un extrême secours contre un fonctionnaire particulièrement zélé, à la recherche de fraudeurs, rêvant déjà à sa prime mensuelle s'il en dégotait un, triste personnage de mauvais guignol, devant lequel je me tenais debout, prêt à entrer en action si la menace se faisait trop grande. J'appellerai ce type Gros Plomb, en hommage au crayon à mine grasse qu'il agitait constamment devant mes yeux, comme un hypnotiseur, impatient de m'endormir avec ses questions insidieuses, guettant l'instant où j'aurais dit ce qu'il voulait entendre, laquelle réponse justifierait qu'on amputât mon chèque de quelques dizaines de dollars. Plomb aussi pour ce qu'il lui manquait irrémédiablement entre les deux oreilles. D'ailleurs j'estime au pif qu'il lui en aurait fallu une grosse dose, plein le cul, une bonne rafale entre les deux fesses, histoire de constater s'il peut encore ressentir quelque chose devant des moins bien nantis que lui.

Gros Plomb mâchouille sa gomme à effacer. Au tribunal des vauriens, l'inquisition commence. J'ai des revenus actuellement ? Je suis disposé à me chercher un emploi ? Je suis apte à travailler tout de suite ? J'habite avec quelqu'un qui a des revenus ? Je tire des revenus de biens cachés ? Mon compte de banque est vide ? Vous avez joui d'un héritage ? Depuis que vous retirez de l'aide sociale, vous avez couché avec quelqu'un qui travaille à temps plein et si oui, combien de temps cette personne est-elle restée chez vous ? J'exagère à peine l'efficacité torturante de Gros Plomb, laquelle fut interrompue une fois par Dactylographe qui avait besoin d'une information d'ordre informatique, un bogue dans le programme, la fin du monde en pleine gueule. Gros Plomb s'est énervé, levé, excusé (dans l'ordre ou dans le désordre), j'ai entendu qu'on s'agitait comme des abeilles autour de la reine, ça bourdonnait, ça zézayait, ça *rushait* fort dans les alvéoles gouvernementales, big bogue par-ci, big bogue par-là, appelez les pompiers !...

Soudain le temps s'est arrêté. Plus personne ne bouge. Je regarde autour de moi. Tous les fonctionnaires semblent immobiles. Gros Plomb a stoppé son pas au moment même où il se dirigeait vers le fameux ordinateur défectueux. J'attends. Je pense que je n'aurai pas besoin de danser devant cet énergumène qui m'a travaillé comme si j'étais un dangereux récidiviste venu dévaliser les coffres de l'État. Je vais en profiter pour décamper, me dis-je à tout hasard. Mais le hasard a parfois de ces ratés. Je n'ai pas encore atteint la porte qu'un bip se fait entendre, le bogue, ô miracle, est résolu. Chacun rentre dans son bureau, le train-train reprend son cours, on l'a échappé belle, de quoi discuter longuement à l'heure de la pause.

S'était-il vraiment passé quelque chose ?

J'ai aussitôt été interpellé par Gros Plomb revenu à la charge comme un soldat. Ragaillardi, il avait recouvré ses esprits malicieux, dans sa tête son tiroir-caisse a dû sonner, ding ! ding ! la prime, bien sûr, retentissait sur sa motivation. J'étais le candidat idéal pour lui permettre d'espérer une promotion, je devais avoir des allures de victime ou de garnement, pas besoin de faire écho à ses sales questions puisqu'il avait déjà inscrit avec son crayon noir les bonnes réponses sur son formulaire en quatorze mille trois cent deux copies.

Le temps était propice. Mon corps s'est abandonné complètement. Mou. Très mou. Le dos rond, le cou penché, les genoux fléchis, un long tremblement quasi électrique m'a traversé de la tête aux pieds. Mes bras et mes jambes agités dans toutes les directions, je suis tombé, je crois même m'être évanoui. Sur le plancher, devant la porte et devant tout le monde, je devais ressembler à une couleuvre lovée, ratatinée.

Je me suis relevé, je n'ai pas regardé Gros Plomb, je suis sorti. Deux semaines plus tard, au premier du mois, je recevais mon chèque, intact, avec un petit mot écrit à la main, inhabituel. Gentil Gros Plomb, m'exprimant ses regrets, souhaitait que j'aille mieux.

Si je pratique cette activité dans des situations difficiles dont je souhaite me délivrer, il m'arrive quelquefois, seul, par goût, par simple envie de bouger, de m'y adonner, toujours sérieusement. En public, ce spectacle – cela peut en devenir un – fait son effet. L'autre jour, dans un magasin populaire (un dollar la babiole), j'ai exécuté quelques mouvements. Autour, la plupart des gens, intrigués ou apeurés, se sont mis à me fuir en douce, non sans m'avoir observé d'un drôle d'air. Quand on désire me porter secours, je décline poliment l'offre, rassure la personne que je vais très bien, c'est un exercice, pas une maladie, merci quand même, et je pars en souriant.

La danse me régénère. Elle m'apporte des bienfaits considérables. Edgar Pleau me l'avait dit. Le corps, les muscles relâchés, l'abandon de soi, tout cela entraîne des conséquences fort positives sur ma forme globale. Depuis que j'ai adopté ce comportement, mon être physique et psychologique ne me veut que du bien. J'élimine ainsi un puissant stress générateur de maladies dégénératives. Alliée à la marche, autre activité bénéfique, la danse a fait de moi un homme nouveau.

Il manque encore quelque chose à mon bonheur. Je vous le donne en mille. Eh oui, j'aimerais bien trouver quelque part un poète raté pour qui je pourrais devenir Edgar Pleau, transmettre l'art de la danse, me présenter comme un témoignage vivant, quasi un modèle, quelqu'un qui s'en est sorti, du moins je le crois. Je ne demande rien d'autre que de continuer ma route seul ou avec ceux qui voudront me suivre. Les poètes ratés courent-ils les rues ? Où en dénicher un ?

Le manuscrit est ici devant moi. Je le feuillette, retrouve des noms qui aujourd'hui sont devenus avant tout des personnages, moi qui suis vivant dans la vraie vie et non pas un être de papier, moi qui n'ai plus peur d'être le jouet du destin. Certes je suis seul, mais la solitude ne me pèse pas, ou si elle venait à m'accabler, je la soumettrais immédiatement à la danse de la marionnette désarticulée, en pleine rue, elle fondrait sous les regards intimidés par mon comportement. M'offrirait-on de l'aide ? Comme à mon habitude, je refuserais gentiment. Dans les yeux de l'autre, le feu d'un éclair. Cette chaleur m'habiterait pour un temps. On n'est jamais vraiment seul quand on sait s'y prendre.

Vous croyez que je cherche de la compagnie. Non, tenez-vous-le pour dit, je ne cherche rien d'impossible. Je n'espère aucune gloire, fausse ou réelle, à vrai dire je n'ai plus d'attentes ni peur que *tout me fuie*. Au contraire, *tout peut me revenir*. Je suis prêt. Il n'en tient qu'à moi. La danse de la marionnette désarticulée est là pour me le rappeler. Je ne me cache plus sous un faux nom. J'ai trouvé ma véritable personnalité depuis que je me vois autrement. Cela me va bien.

VII

Autrement vu

Nous voulons, tant ce feu nous brûle le cerveau,
Plonger au fond du gouffre, Enfer ou Ciel, qu'importe ?
Au fond de l'Inconnu pour trouver du nouveau !

BAUDELAIRE,
« Le Voyage ».

Mon histoire ne se terminera pas ici. Le livre par contre tire à sa fin. Il me reste des choses à vivre et non à dire. Il vaut mieux, avec l'espoir de jours meilleurs, en arriver à la dernière page.

Une grande paix intérieure m'habite.

Vous croyez peut-être que je parle et agis comme un jeune sage. Je ne confirmerai pas votre jugement. Libre à vous de penser ce que vous voulez. Plus fort de mes expériences, j'envisage mon avenir avec optimisme. C'est tout.

A-t-on réussi à identifier des suspects sans moi ?

Musie et Camilio sont des étoiles. La nuit, quand je ne dors pas parce que la rédaction de ce livre entrave mon sommeil, elles étincellent à ma fenêtre. Je les regarde, leur envoie la main, elles me répondent en scintillant plus fort. Je suis sûr que, dans le monde de poésie pure où ils doivent flotter, Musie a recouvré la parole et Camilio n'est plus obsédé par des voix malfaisantes. Ils dansent sur la Voie Lactée. Les plus brillantes métaphores de Baudelaire forment à elles seules une véritable constellation. Un jour j'irai les rejoindre. Mais pour tout de suite une urgence plus grande me presse.

Je cherche mon premier poète. Le désir d'assurer la transmission me brûle. Je veux me rendre utile, contribuer à peupler les rangs des disciples d'Edgar Pleau, je dois bien ça à cet homme remarquable. Perpétuer la lignée, ne serait-ce qu'une fois, est mon objectif ultime. J'en assume d'avance tous les risques.

Je ne me prends pas pour un indispensable sauveur, croyez-moi, vous savez bien que je ne me prends d'ailleurs plus pour personne sinon pour moi-même. Je vous renvoie au chapitre précédent, éloquent à ce titre, si jamais votre mémoire est déjà défaillante. J'insiste.

Je me suis rendu dans une friperie afin de dénicher un costume semblable à celui d'Edgar Pleau. Ce n'est qu'à la troisième que j'ai trouvé quelque chose d'assez ressemblant, quoique défraîchi, contrairement à la tenue toujours impeccable d'Edgar Pleau. Pour mes modestes moyens financiers, cela m'a semblé plus que convenable.

Trop grand le costume, trop petit le chapeau. Qu'à cela ne tienne, je serai plus à l'aise dans mes mouvements au moment d'exécuter la danse de la marionnette désarticulée. Bien que, comme on dit, l'habit ne fasse pas le moine, j'avoue ressentir une certaine fierté à être vêtu de la sorte. J'ai une nouvelle peau.

Il est temps de passer à l'action.

Depuis une semaine, alors que le temps est au beau, j'arpente la ville, déguisé en Edgar Pleau. Fidèle à mes habitudes, je marche, je m'arrête à un coin de rue, je fais le guet, j'observe les gens qui déambulent, pressés d'arriver à la fin de leur journée. Les poètes aux prétentions trop grandes pour leur petit talent, les parias sans patrie aux prises avec une société qui les a rejetés, je pourrai les voir venir de loin. Ratés, tarés, vous constituez de parfaits candidats pour la danse de la marionnette désarticulée.

J'attends avec patience la venue d'un ange déchu.

S'il arrive que je reconnaisse quelqu'un qui a besoin de moi, je le suivrai, j'essayerai de découvrir où il habite, le lendemain j'irai me poster devant chez lui, je le mettrai en garde à vue. Il se passera quelques jours avant que, prudemment, je ne l'aborde. Un trop grand empressement à lui venir en aide, un trop vif intérêt pour sa personne ou un simple malentendu pourraient lui faire peur, le décourager de se confier. Je ne peux envisager d'échouer dans mes tentatives de vivre l'expérience de la transmission. Comme personne ne sait s'il y en aura une seconde, la première, singulière, devra être la bonne.

J'y mettrai du style.

Pour mieux me préparer, je m'adonne à un petit exercice de visualisation, je me projette des images mentales. Tel un coureur avant sa course, j'anticipe le départ, l'intervention, ce que je dirai, le moment propice où je devrai exécuter la danse de la marionnette désarticulée sans avoir à donner d'explication tellement tout paraîtra normal, compréhensible, évident. Après quelques rencontres, certain que le candidat est suffisamment autonome, je franchirai le fil d'arrivée, puis disparaîtrai sur la pointe du cœur.

Edgar Pleau peut dormir en paix.

Tout à coup l'écran se brouille, la transmission connaît des difficultés, ça se passe autrement, non comme je l'avais prévu, non comme je l'avais vu avant, dans mon petit cinéma intérieur où je suis seul à me créer des images. Ça arrive, oui, le moment est enfin venu, mais...

Edgar Pleau, où es-tu ?

Au loin, le soleil, rouge, s'entête à mourir lentement.

Dans un quartier inconnu, dangereux dit-on, où je ne me suis jamais aventuré, devant un immeuble aux fenêtres placardées, aux murs couverts de graffitis, un grand oiseau blessé bat de l'aile. Je traverse la rue, m'avance lentement vers lui pour ne pas l'effaroucher, il est assis sur le trottoir, son corps penche légèrement d'un côté, bientôt il va tomber, s'étendre dans le caniveau. Ses yeux vitreux me fixent, il ne semble pourtant pas me voir, sentir ma présence, je m'accroupis, il ne parle pas, ne bouge pas, comme un mort hors du monde. Je le rassure, je suis plein de bonnes intentions, je n'ai rien à voir avec la police, sois sans crainte. Je suis calme, étrangement calme pour une première fois, je parle doucement, je peux t'être utile, fais-moi confiance. Il est toujours immobile, je le soulève, le soutiens, l'aide à marcher, on va aller à l'hôpital, accroche-toi, je te le dis, tu n'as pas à avoir peur de moi, je m'appelle Edgar Pleau, *j'ai pétri de la boue et j'en ai fait de l'or.*

J'ignore si c'est ce vers du bon vieux Baudelaire, venu spontanément à mon esprit, à ma rescousse, qui a produit son effet, l'oiseau a soudain semblé sortir de sa torpeur, son regard s'est allumé, il a marmonné, je n'ai pas compris tout de suite, je lui ai demandé de répéter, il a dit là, dans la poche de son blouson de jeans, il voulait que je prenne quelque chose, là, sous ses *ailes de géant.*

Me suis-je trompé ?

J'aurais peut-être dû l'abandonner sur le trottoir, prévenir la police, faire deux fois plutôt qu'une la danse de la marionnette désarticulée (*plus rien ne me flouera...*), tourner le dos au plus imprévisible, au plus hypocrite des destins, ciel ou enfer, qu'importe, me fier davantage à mon seul instinct de survie, détourner à jamais ma vie de ces yeux verts, assassins. J'ai fouillé dans la poche, trouvé la seringue, l'aiguille, une larme rouge sur ma main.

Le soleil s'est noyé dans son sang qui se fige...
Et cette nuit même, la lune sera triste.

Extrait du catalogue de nouvelles :

ACHEVÉ D'IMPRIMER
EN AVRIL 2001
SUR LES PRESSES DE AGMV-MARQUIS
MONTMAGNY, CANADA